SU CONTROL Y SU ORDEN

El Faro del Multimillonario 2

KIMBERLY JOHANSON

ÍNDICE

Descripción	v
Su control	vii
Capítulo 1	1
Capítulo 2	6
Capítulo 3	10
Capítulo 4	14
Capítulo 5	19
Capítulo 6	24
Capítulo 7	28
Capítulo 8	33
Su Desaparición	39
Capítulo 9	40
Capítulo 10	44
Capítulo 11	48
Capítulo 12	53
Capítulo 13	58
Capítulo 14	63
Capítulo 15	67
Capítulo 16	71
Su Orden	77
Capítulo 17	78
Capítulo 18	82
Capítulo 19	86
Capítulo 20	91
Capítulo 21	93
Capítulo 22	96
Capítulo 23	100
Capítulo 24	105
Capítulo 25	109
Capítulo 26	113

©Copyright 2021

Por Kimberly Johanson

ISBN: 978-1-63970-012-7

TODOS LOS DERECHOS RESERVADOS.
Ninguna parte de esta publicación puede ser reproducida o transmitida en cualquier forma, electrónica o mecánica, incluyendo fotocopias, grabaciones o sistemas de almacenamiento o recuperación de información, en cualquier forma, electrónica o mecánica, sin el permiso expreso por escrito, fechado y firmado del autor. sistema de almacenamiento o recuperación sin el permiso expreso por escrito, fechado y firmado del autor

❀ Creado con Vellum

DESCRIPCIÓN
DOMINACIÓN. DESEO. RENDICIÓN.

Elizabeth tiene una reunión familiar en Chesapeake City, Rhode Island. Más allá de que sólo tenga 25, ella es la única mujer soltera de su familia, algo que ellos consideran un problema.

El plan era decirle a su familia la verdad sobre su relación y dejar de lado la mentira del matrimonio. Hasta que Meagan llama con las noticias de que sabe dónde están y averiguará la verdad. No va a darse por vencida con Zane sin pelear.

Deciden que la mentira debe ser dicha a la familia de Elizabeth también y después de ubn encuentro inicial con un ex novio, la pareja se encuentra en una nueva posición.

Zane está feliz de trabajar con ella, tomando un rol más sumiso. Sólo cuando ella lo trata como su sumiso en frente de la familia, ambos se dan cuenta que lo odian.

¿Pueden las cosas continuar con su mentira creciendo todo el tiempo?

SU CONTROL
EL FARO DEL MULTIMILLONARIO 2

Por Kimberly Johanson

CAPÍTULO 1

ELIZABETH

"¿Hiciste la llamada hoy?" me pregunta Zane cuando finalmente llega a casa de la oficina.

"Sí, renuncié a mi trabajo y mi amiga está súper molesta conmigo."

Lois está ocupada limpiando las puntas de las mesas y todo el tiempo pequeñas chucherías la cubren mientras pretende que no nos escucha. Zane viene hacia mí y se desploma a mi lado en el sillón.

Insistiendo para que me siente en su regazo, su mano se desliza por mi nuca y me acerca para darme un beso. "Te amo, nena", me dice mientras descansa su frente contra la mía. "Y dile que le mandaremos un hermoso regalo de bodas. Deberíamos conseguirle algo lindo. Elige algo y ponlo en la tarjeta que te dí."

Zane me da "Te amo" como si fueran M&Ms cuando hay alguien cerca. Enserio, necesito ver cómo voy a manejar este acto porque me encuentro a mi misma creyéndole. Y a mi creyéndolo cuando le respondo.

"Okay. Le preguntaré qué clase de cosas necesitan. Bueno, seguro que necesitan de todo, ya que ese chico nunca tuvo un trabajo. Quizá, le regalaré una gift card para que compren lo que quieran." Juego con el primer botón de su camisa mientras lo examino.

Sus dedos tocan mi barbilla, subiéndola. "Eso no lo va a cortar. Este regalo es de nosotros. Yo no soy un tipo que da gift cards. Hazlo desde el corazón. Y todavía estoy esperando que me digas algo que he esperado todo el día para escuchar."

"Te amo" le digo y lo beso otra vez. "Perdona por hacerte esperar."

Lois se da vuelta y nos mira, su sonrisa me dice que está comprando esta cosa del matrimonio. "Es momento de irme. Traeré las compras en la mañana. Así que llegaré un poco más tarde que las nueve, como usualmente llego, Señora White. ¿Puedo traerle algo en especial?"

"No, estoy bien con lo que has estado trayendo, Lois. Gracias."

Asiente y se va, y yo intento moverme lejos del regazo de Zane cuando ella desaparece. Me sostiene. "¿Y a dónde crees que vas?"

"Ya se fue. No tenemos que fingir más." Me muevo para que me deje ir.

"No todo es fingido" dice y sus labios tocan los míos. Su beso es suave y dulce. Puedo sentir más en él que cuando nos besamos la primera vez, pero él todavía no me ama y este amor del que hablamos me está confundiendo.

Mi teléfono suena y estoy agradecida por la interrupción, ya que mi interior se estaba moviendo en respuesta a su beso y cómo sus manos estabas desplazándose por mi espalda. Respiro profundo para bajar el ritmo de mi respiración y él se rie al ver cómo reacciono ante él.

Se aproxima a tomar mi teléfono y me lo entrega. "Te quedas donde estas."

Veo el nombre de la tía Audrey en la pantalla y grito "Es tiempo de reunirnos en familia. Hola, tía Audrey"

"Bien, bien, bien," dice "¿Cómo has estado?"

"He estado bien. Supongo que esto es sobre la reunión"

"Lo es. Pero, primero es lo primero. ¿Qué es eso que escuché que has dejado tu trabajo en el restaurante?"

"¿Escuchaste sobre eso? Pero acabo de hacerlo" le digo mientras Zane juega con mi cabello y su boca toca mi cuello. Casi me derrito en él, pero me las arreglo para mantenerme al margen.

"Lo sé. Martha me llamó al instante. Quería saber si alguno de nosotros sabía por qué te habías mudado a Nueva York. Puedes imaginar mi sorpresa cuando dijo eso. Le dije que no te habías mudado a ningún lado. ¿Me equivoco?"

"Casi como que vivo aquí. Tengo un trabao aquí. Lo conseguí cuando vine a ver al hombre que compró el faro. El faro del abuelo y mío. Él me dio un trabajo y lo voy a hacer por un año más o menos."

Sus labios tocan mi oreja. "O para siempre."

Sus palabras me dan escalofríos. ¡Siempre juega conmigo!

"Bueno, todos esperamos que te hagas un tiempo para salir con chicos este año. Hemos hablado sobre eso y vamos a comenzar a formar parte de tu vida amorosa, dado que tu no pareces hacer nada al respecto. Yo, por una vez, quiero un par de sobrinos y sobrinas de tu parte. ¡Y pronto!"

"¡No, ni se les ocurra! No voy a ir si va a ser lo mismo. El año pasado cuatro de los primos trajeron candidatos para mí. ¡Este año no! ¡No hay manera!" digo mientras Zane comienza a mordisquearme el cuello.

"Tómame, úsame de una vez, Elizabeth" susurra, volviéndome loca con su boca.

Mis instintos empiezan a responder. ¿Me atrevo a usarlo en la manera que él me está usando? ¿Debería usarlo para, de una vez por todas, quitarme la familia de mi espalda?

"Traeré a alguien y todos ustedes entrarán en shock." Le digo.

El gruñido de Zane me da escalofríos mientras sus dedos presionan mis hombros y se va directo a mi cuello. Siento su pene creciendo bajo de mí, y sé que debo colgar el teléfono.

"¡Genial!" dice la tía Audrey, "Y una bolsa de papas fritas y algo para acompañar. ¡Te veo el Sábado! Adiós."

Con la llamada terminada, bajo el teléfono y empieza la batalla contra mi cuerpo y los abrazos de Zane. "Aw, dale nena. Déjame probar" gime mientras me muevo.

"¡Nada de probar! Zane, vamos. Esto ya es demasiado confuso"

Deja de lado las mordidas en el cuello y me mira. "¿Qué es tan confuso?"

"Esto. Nos conocemos hace menos de una semana y usamos la palabra amor millones de veces y nos besamos y abrazamos cuando estamos en frente de la gente. Y es tan confuso."

"Deja de pensar de esa manera. Ven al lado oscuro, Elizabeth. Todos flotamos aquí." Dice riendo.

"Estas mezclando los papeles, genio. Y yo todavía tengo mi moral intacta. Necesito saber cuáles son mis verdaderos sentimientos y los tuyos antes de darte una parte tan importante de mi."

"¿Cómo sabes que no es verdad lo que digo?" sus labios tocan los mios por un segundo y me mira de nuevo.

"Ambos sabemos que no lo es." Respondo y lo empujo. "Me estás molestando y dando calor. Déjame ir."

"Tu me mantienes molesto y con calor," dice y me sostiene donde estoy. "Ahora, ¿Cuándo es esta cosa familiar y qué les vas a decir?"

"Es el sábado. Me había olvidado por completo. Gracias a Dios renuncié a mi trabajo o habría sido un problema. Una no puede sólo perderse una reunión familiar. ¡Imagina que mi bolsa de papas fritas y el acompañamiento no lleguen!"

"¿Entonces qué escuché de que necesitas una cita o se verán forzados a intervenir?"

"Soy la prima que queda por casarse. La única prima soltera en mi gran familia mayor de diecinueve. Mi familia es chapada a la antigua. Cásate, ten hijos, mantén la población en el mundo. Sabes, ese estilo" Paso mi mano por su cabello y desearía no haberlo hecho, ya que sos ojos se encendieron y mi corazón dio un salto.

Realmente estoy cayéndo por este hombre, y sé que sólo está jugando conmigo. Esto se está poniendo difícil, creo. Mi cabeza me dice que deje todo esto y me de por vencida con el faro, por mi propio bien, pero mi corazón dice, "quédate con él, muchacha estúpida."

Siento mi corazón romperse. Y con un año entero de estar con él, veo una real situación de llanto cuando esto termine. Si lo dejo mostrarme cuán bueno es en la cama, probablemente moriré cuando él lo termine.

Y lo terminará. Sé que lo hará. No soy una cosa, como todo lo que él conoce. Podría también ser una pobre pueblerina por mi clase o falta de ella.

"Me gusta. Cuenta conmigo." Dice riendo. "Úsame nena. ¡Úsame!"

Oh Dios mío. ¿Qué estoy por hacer?

"Zane, no sé si hacer esto. Lo que quiero decir es que, ambos sabemos que esto no es real."

CAPÍTULO 2

Zane

¡Nunca había conocido una mujer que no tuviera una pista de que le gusta a un hombre!

"Mira, no sé lo que estás pensando, Elizabeth. No estoy fingiendo nada contigo. Enserio lo siento cuando te toco, y adoro cuando me tocas. Me gusta tu personalidad. Me gustan tus pequeñas maneras de hacer las cosas. Me gustas y creo que yo también te gusto."

"Sabes que tenemos casi nada en común." Dice mientras continúa esforzándose.

"Tenemos cosas en común. Me gusta la pizza, te gusta la pizza. Me gusta ver las noticias, te gusta ver los dibujos animados."

"No es lo mismo" rie.

"¿No lo es?" pregunto, haciendo cosquillas en sus costillas, haciéndola chillar de risa.

La verdad es que ella me está encantando día tras día. Sí, quería que su dulce voz me diga que me amaba todo el día. Sí, deseaba el modo en que sus labios se sentirían cuando me besara al llegar a casa. ¡Creo que eso debe significar algo! Y ahora, voy a conocer a su familia. Aquí es donde veré si ella realmente el tipo de mujer que puede ser esposa. Dicen que las frutas no caen lejos de los árboles, así que, qué mejor lugar para ver qué clase de fruta es.

"¿Puedes venir al trabajo conmigo mañana?" le pregunto, bajando el ritmo de mis cosquillas

"¿Yo?" pregunta con sorpresa. "¿Por qué?"

"Tengo una reunión. Es un almuerzo y creo que sería una buena idea si vinieras conmigo. Me gustaría tu opinión en lo que este tipo tiene para decir."

"¿Por qué?" su ceño se frunce.

"Porque valoro tu opinión. Y no tenemos que hacer todo el juego de la mentira con él, así que no tienes que preocuparte por decir otra mentira. Te presentaré como mi novia. El hombre es de Suiza. No conoce a nadie aquí. Estoy pensando en comprar un centro turístico de él y me gustaría que veas de qué se trata todo esto y me des tu opinión. ¿Qué dices? ¿Te unes?"

"¿Tu novia?" pregunta.

La beso antes de contestar. "Tu eres ella, ¿O no?"

"Aww" dice. "Eso es dulce. Crees que si no le hubieramos tenido que mentir a esa horrible Meagan, nuestra cita hubiera escalado a este punto sola, ¿Zane?"

"Me gusta pensar que así hubiera sido. Ya me sentía acalorado desde el primer momento que mis ojos te miraron. Te quería como un hombre de las cavernas, ahí en mi oficina."

Se sonroja y mira hacia abajo. "No lo querías."

Tomo su barbilla y hago que me mire. "Sí lo quería. Pero para ser honesto, eso era todo lo que pensaba en ese momento. Todo ese día, por supuesto, y la mayor parte del día siguiente. Estaba pensando en ese atractivo cuerpo, en lo atractiva que eras. En lo mucho que quería mojarte con mi sudor. Sabes, cosas por el estilo."

"¡Qué asco!"

"No en realidad," le digo besando la punta de su nariz. "¿Quieres saber qué pienso ahora?"

Asiente y me mira, esperando por mi respuesta. Reviso en lo más profundo de mi corazón para encontrar la verdad "Me gustan las cosas como preguntarme qué has hecho en todo el día sin mí. Qué te gustaría comer para la cena. Si estás feliz ahora. Y preguntarme si me dejarás sacudir tu esqueleto esta noche. Ya sabes, esas cosas."

"Veo que todavía está el factor sexo." Dice riendo.

"Siempre está el factor sexo contigo, mi dulce. Siempre. Todo lo que tienes que hacer es chasquear esos dedos y estaré desnudo y te tendré desnuda antes que lo sepas. Recuérdalo. Siempre estoy dispuesto al dar el próximo paso."

Su voz se quiebra y pregunta. "Entonces, ¿esto puede durar más de un año?"

"Si tu quieres y yo quiero, puede ir cuán lejos queramos que vaya." Le digo y beso su mejilla. "Lo digo enserio. Me gustas. Mucho"

Sonríe y se inclina para besarme. Su boca es flexible con la mía. Espero y es su lengua la que se desliza pasando mis labios y creo que estoy cada vez más cerca de ganar su confianza. Y sé que estoy ganando más y más sentimientos reales hacia ella.

La dejo que ella haga todo el trabajo y la encuentro jugando mucho más de lo que acostumbra. Sus manos se mueven por mis hombros, hacia mi espalda y luego a mi cabello, mientras su cuerpo se acerca al mío y su boca se calienta, con su hambre de mí creciendo.

Quizá estuve enfrentando todo esto mal. Quizá necesito relajarme y dejar que ella venga hacia mi. ¡Podría accidentalmente cruzarme con algo así!

Una de sus manos baja por mi brazo hasta que llega a mi mano que está tocando suavemente su cintura. La toma y la mueve hasta que siento la curva de su seno debajo de ella, y mi

espera a que ella tome la iniciativa acaba mientras me acerco más a ella y mi animal interior se desata.
 ¡Al fin!

CAPÍTULO 3

ELIZABETH

¡Le gusto!

Dijo que le gustaba, lo que es mucho más real que todo este amor del que debíamos decir antes. Sé que él me gusta. Quizá estuve muy cerca de amarlo. No tengo idea, ya que nunca antes había estado enamorada.

Sé que nunca senti nada de lo que siento por Zane con ningún otro chico. Es más que una atracción fisica. Hasta cuando estoy acostada en mi cama del cuarto de invitados, me pregunto si él está durmiendo bien. Me encuentro pensando en él todo el día. Él llena mi mente y ahora que me dijo que valora mi opinión y que está dispuesto a ir a una reunión familiar conmigo. ¡No puedo contenerme!

Se mueve de nuevo contra mi espalda y está haciendo todo él. Y lo dejo. Lo deseo. Necesito que lo haga.

Estoy a dos días de estar con él una semana. Eso no debería ponerme en un estado de puta barata. No lo creo.

Cuando él me llamo su novia, hizo más por mí de lo que habría imaginado que una palabra pudiera hacer por mí. ¡Soy su novia! No sólo una esposa de mentira, ¡Una novia de verdad!

Mi cuerpo se sacude con la necesidad de sentirlo más de lo que lo siento ahora. Cuando sus besos se calman y su boca va hacia mi cuello, le susurro, "Llévame a tu cama"

"¡Mierda que lo haré!" dice y se corre, levantándome en sus brazos y la mirada en sus ojos no tiene precio. "Oh, nena, no sabes lo feliz que me has hecho. Estoy a punto de mostrarte y hacerte tan feliz como yo estoy."

Sus ojos están oscuros y llenos de deseo, pero creo que veo más que el deseo que vi la primera noche. Estoy casi segura de que veo sentimientos de verdad. Espero que sea así.

¡Dios, deja que tenga sentimientos de verdad por mí!

Me mira a los ojos mientras me lleva a su cuarto y patea la puerta, detrás de nosotros. "¿Estás segura de esto Elizabeth? No quiero que sientas presión de mi parte. No quiero"

"Oh, por Dios, ¿Eres perfecto, no?" chillo y tomo su rostro en mis manos para besarlo. "No siento presión. Sólo una gran urgencia de sentirte. De estar contigo. Confío en ti, Zane."

Su mirada es suave. "Puedes confiar en mí, Elizabeth. Prometo jamás intencionalmente herirte."

Me acomoda en su cama, mi cabeza en una montaña de almohadones. "¿Puedes desvestirte primero?" le pregunto.

Con una sonrisa, asiente y comienza a desabotonar su camisa. Lo hace al revés, como muchas de las cosas que hace, empezando por el final y yendo hacia arriba. Cada botón revela un poco más de sus abdominales duros, que parecen pequeñas colinas, con un gran valle corriendo por ellas.

¡No puedo esperar a pasar mi lengua por todos ellos!

La camisa se va y mi temperatura aumenta. Se quita el cinturón, pasándolo lentamente por los agujeros de sus pantalones. Luego sus dedos van hacia el boton en ellos y lo abre, lo que me hace saltar de la emoción.

Mis ojos están pegados al lugar que está por revelarme. Sus dedos bajan el cierre y se quita sus pantalones oscuros, dejándolos en el piso. Hace algunos movimientos para sacarse los zapatos y las medias, saliendo de la pila de ropa.

"Ojos aquí arriba, Elizabeth." Dice y miro sus pulgares ir a la cintura de su oscura y apretada ropa interior, que deja poco a mi imaginación. Su pene es enorme como sabía que sería.

Lentamente, mis ojos se desplazan por su cuerpo, deteniéndome en cada partecita de sus músculos súper desarrollados. Cuando mis ojos se encuentran con los suyos, lo encuentro mucho más serio, sin un vestigio de sonrisa en su rostro.

Luego, sus brazos se mueven y sé que se sacó su ropa interior, tardo en mirar hacia abajo, porque sus ojos me mantienen la mirada, pero él viene hacia mi y cubre mis ojos con su mano. "¿Qué mierda?"

"Shh." Lo escucho abriendo un cajón y algo suave cubre mis ojos. "Creo que con esto puesto podrás estar más tranquila."

La venda que me puso me hace sentir un poco tonta, pero seguiré el juego. "No creo que esto sea justo"

"No lo es" dice y está a punto de ser menos justo.

Su boca toca la mía y al comenzar a besarme, siento sus manos yendo hacia abajo hasta encontrar las mías y poniéndolas por arriba de mi cabeza, sosteniéndolas con una de sus manos. Escucho un traqueteo y siento algo suave por mis muñecas. El beso termina y mi cerebro comienza a funcionar otra vez.

"¿Eres un asesino serial?"

"Espera y verás." Susurra y pasa su lengua detrás de mi oreja.

"Estás intentando mucho que esto sea memorable ¿no?" pregunto con una risita.

"Recordarás esto, Elizabeth. Me voy a asegurar de eso." Sus dientes pasan por mi cuello y hacia abajo hasta el cuello de mi camiseta.

Quiere desvestirme y apuesto a que no lo penso antes de

atarme a la cama. Sus dientes toman el cuello de mi camiseta y siento sus manos tomar el final y la siento más apretada. Escucho un sonido de rasgado y veo que va a estar rompiendo mi ropa.

Mi estómago se tensa mientras sus manos se mueven sobre él luego de quitar la camiseta abierta. Van hacia mis senos cubiertos por mi brasier. "¿Confías en mí?"

"Algo así" digo.

"Vas a sentir algo afilado."

Lo escucho sacar algo del cajón de nuevo y siento una punta afilada entre la piel de mis senos. Se mueve suave y fácil. "¿Es eso un cuchillo?"

"¿Crees que es uno?" pregunta y gruñe.

"Sí. Es eso o te has convertido en un hombre lobo y es una de tus afiladas garras."

"Podría ser cualquiera de las dos. Me tienes hecho un animal."

La punta afilada se mueve sobre la porción de mi brasier que está en el medio, y se corta. Mis senos lo abren y por la manera que gruñe, puedo decir que está mirándolos.

"Mierda, no puedo creer que hayas estado escondiendo estos bebés de mi, Elizabeth." Escucho el clack de él dejando el cuchillo que usó para cortar el brasier en la mesa. Luego su boca tibia está en uno de mis senos y mi cuerpo se traslada en un instante a un profundo estado de excitación sexual.

Mis piernas son lo único que puedo mover, y tiro mis rodillas hacia arriba, presionando mis pies a la cama mientras me arqueo. Sus manos se mueven lentamente hacia arriba y abajo a mis costados desnudos, prendiendo un fuego en su camino.

Han pasado dos años desde que tuve sexo, así que esto no está fresco en mi mente, pero es, lejos, lo mejor que alguien me ha hecho sentir. Y ni siquiera estamos en la mejor parte.

¡Espero no explotar!

CAPÍTULO 4

ZANE

Ella está más que lista. Sus tetas son deliciosas y podría nunca saciarme de ellas. Nunca estuve tan atraido a nadie.

Desde el día que supe que esto pasaría, compré un par de cosas para mejorar nuestra primera vez. Esposas suaves, una venda de seda, un pequeño cuchillo para cortar cualquier ropa inoportuna que me impida llegar a su exquisito cuerpo. Un par de condones texturados para su placer y lubricante para excitarnos. ¡Lo pensé todo!

Cuando primero comencé, pensé que una buena dosis de ella sería suficiente, pero al pasar tiempo con ella y conocerla, creo que una sola dosis nunca será suficiente.

Elizabeth es muchas mujeres en una sola. Puede ser sexy, inocente y dulce, y divertida la mayoría del tiempo.

Quería sacarla de su zona de confort para esto. Quería llevarla por una aventura salvaje que no olvidará. Hasta ahora, sus reacciones me prueban que lo estoy consiguiendo.

Su respiración se acelera mientras chupo y mordisqueo sus

tetas. Mantiene estos cachorros encerrados en un brasier. ¡Son mucho más grandes cuando los deja salir!

Voy a intentar crear una regla de "no brasier" después de que Lois se vaya, así puedo disfrutar de estos regalos que tiene. Corro mi boca de los deliciosos globos, paso mis manos por ellos. "Estos son míos" susurro.

Ella gime pero no confirma. Así que me inclino y chupo fuertemente uno hasta que se arquea. "Tuyos, ¡Son tuyos!"

¡Eso está mejor!

Sus shorts de jean deben irse, así que me levanto y los saco, quedándome mirando un par de bragas blancas de algodón. No son de abuela, pero tampoco son sexy. "Voy a comprarte un cajón lleno de bragas mañana y tirarás estas cosas."

Gime como respuesta y tomo el cuchillo de nuevo para cortar ambos lados, ya que son bastante anchos para cortarlos con las manos, que es lo que quería hacer.

Veo que mantiene su situación ordenada, ya que está afeitada y luciendo sexy ahora que quité esa estúpida ropa interior. Tomo sus piernas, las abro y me posiciono para mostrarle a quién le pertenece.

Soplo aire un par de veces y ella gime con cada uno. Muevo mis manos para juntar su culo y masajear con mis dedos sus voluptuosos gluteos mientras beso su área más íntima.

Comienzo y paso mi lengua por ella, y ella arquea su espalda mientras sisea "¡Sí!"

¡Está óptima, no es gracioso!

Paseo mi lengua un poco más hasta que la introduzco y me doy cuenta de que sabe mejor de lo que hubiera esperado. La muevo adentro y afuera, a toda velocidad con caricias rápidas. Se moja más y más. Su cuerpo está agitado.

Luego muevo mi boca y tomo su húmedo y desbordado capullo. Con un par de lenguetazos y una mordida, grita mi nombre.

¡Sabía que gritaba!

Con emoción, gira su cuerpo mientras este suelta su primera ronda. "Así, ¿no?" rio y me levanto para ponerme el condon.

"¡Sí! ¡Sí!" gime al momento en que junto sus piernas y se mueve hacia arriba y abajo en la cama. "¡Dios, sí!"

"Ha pasado un tiempo, ¿no?" pregunto.

"Sí" gime "Y nunca así"

"Es bueno saber". Unto una buena cantidad de lubricante que dice "para él" y siento un ardor en mi erección. Luego deslizo el condon y siento más ese ardor. Finalmente, paso el lubricante "para ella" afuera del condon y me pongo en posición. "Prepárate para gritar mi nombre un poco más."

Muevo sus piernas de nuevo, las abro y ubico mi cuerpo sobre ella. Presiono la punta de mi pene a ella, quien sube sus rodillas mientras entro lentamente a ella. Su gemido se encuentra con el mío ya que se siente mejor que cualquiera con la que haya estado.

"Dios" gruño mientras voy muy adentro "Te sientes genial, Elizabeth. ¡Mierda!"

Muerdo su cuello mientras mi pene levanta cada parte de su cuerpo. La saco, y no puedo creer cómo se siente. Es como deseo puro. Y puedo verme siendo adicto a esto.

Sus piernas se enriendan alrededor de mí, mientras se arquea. Debo sostener sus caderas para poder acariciarla, ya que parece desearme dentro de ella.

"Está ardiendo" gime. "Nunca había ardido antes"

"Es porque mi pene es mágico" bromeo.

"No, enserio no se supone que se sienta así." Dice y suena un poco preocupada.

"Puse un poco de lubricante en el condon" le digo "Así que puedes dejar de enloquecer."

"Oh" dice, y suena más tranquila. "En ese caso, se siente increíble. Sigue."

"Gracias, jefa." Me rio. "¿Crees que puedes contenerte hasta que yo te diga que acabes?"

"No lo sé. Te sientes demasiado bien" dice con un tono de seguridad en su voz que a veces tiene.

"Es bueno saberlo, pero me gustaría que me esperes a que te diga para dejarlo todo salir."

"Lo intentaré. No prometo nada." Dice pasando su lengua por sus labios. "¿Qué tal un beso?"

Le doy lo que quiere, pasando mi legua por su labio inferior y la estiro con mis dientes antes de besarla completamente. Muevo mi lengua de la misma manera que muevo mi pene hacia adentro y afuera de ella; comienza a ronronear como un gato y hace que me quiera mover más y más rápido.

Empujo dentro de ella con movimientos duros, siento que su interior se tensa alreadedor de mi pene. Su cuerpo está incrustado al mío para que se lo de. Empujo más fuerte y debo para de besarla para mantenerme en climax.

Las sensaciones que tengo ahora son cosas que quiero sentir por un rato, sin apuros. Más y más rápido voy hasta que no puedo contenerme. "¡Acaba para mí!"

Comienzo a eyacular y cuando su interior aprieta mi pene más fuerte, me hace acabar más duro. Mi nombre sale de su boca con un grito fuerte y quedamos jadeando y latiendo hasta que casi termine.

No quiero que termine, pero casi estamos. Ni siquiera hemos terminado y ya estoy pensando en la próxima vez. Este no soy yo. Nunca estuve tan interesado en alguien, como para pensar en qu´ee otra cosa iba a hacer después.

Me muevo y desato sus manos, quitando su venda. Sus ojos brillan al mirarme. Luego su labio inferior comienza a temblar mientras cierra los ojos. Veo una lágrima caer por su mejilla y rápidamente la beso. "¿Qué carajo Elizabeth? Pensé que había sido increíble"

"Lo fue" dice con su voz temblorosa.

"Entonces, ¿Por qué las lágrimas nena?"

"Porque fue mejor de lo que había sentido jamás."

¡Esta chica no tiene sentido!

CAPÍTULO 5

ELIZABETH

Primero, fue una lágrima que se escapó y luego fueron muchas, y ahora estoy en el baño tratando de dejar de llorar como una idiota. Realmente no sé lo que me está pasando. Me siento una estúpida.

Golpean la puerta del baño. "¿Estás bien, nena?"

"Sí" digo cubriendo mi rostro con una toalla gruesa y deseando que él no haya detectado mi llanto por el sonido de mi voz. Me las arrglé para salir de la cama con la excusa de hacer pis antes de que más lágrimas salieran de mí.

"Déjame entrar. Podemos tomar un baño juntos."

¡Mierda!

Me seco los ojos, me apuro para esconder el hecho de que estuve llorando y no tengo idea de por qué. Con una rápida mirada en el espejo, creo que me veo bien, un poco de rojo alrededor de mis ojos pero puedo decirle que la venda causó eso.

Abro la puerta y lo encuentro mirando preocupado. "Enserio, ¿Estás bien?"

Asiento y doy un paso atrás, "¿Un baño, eh?"

"Si quieres" me dice y me abraza.

Nuestros cuerpos juntos se sienten tan bien, y siento un nudo en mi garganta formándose de nuevo sin razón aparente.

Me besa en la frente. "Yo pondré el agua. ¿Quieres ir a la cocina y buscarnos una botella de vino y unas copas, para poder compartir una bebida mientras nos mojamos?"

Vuelvo a asentir con la cabeza, lo dejo que prepare el baño y me pregunto cuál es mi problema. Jadeando, desnuda por el pasillo, creo que debe ser el miedo que me tiene llorando. Miedo a que las cosas estén yendo demasiado bien.

Estas cosas jamás han sido buenas para mi. Estoy viviendo con un hombre rico. Estoy en una relación con un hombre que me mueve el piso. ¿Qué es lo que hay que temer?

¿El final?

Tomo la botella de vino tinto de la bodega, elijo copas y me vuelvo hacia el baño. Sé que todo termina, eventualmente, incluso si es por la muerte. No sé por qué mi corazón me está volviendo loca.

Empujo la puerta del dormitorio, voy hacia el baño y lo encuentro ya en la bañera. Así que sirvo la copa y me siento en frente de él.

"Cuéntame de tu familia, Elizabeth ¿Están todos locos como tú?" pregunta riendo

"Más o menos" digo. "Mamá y papá seguramente estarán allí. Mamá no me ha llamado pero ellos nunca se pierden las reuniones familiares. Están en algún lugar de Mexico, por su descanso de verano, como lo llaman. Ellos podrían comprar una casita ahí para vivir en los meses de invierno."

"¿Una casita?" pregunta con sus manos pasando jabón en mis hombros.

"Por la foto que me mandó, lo llamaría una casita. Ella lo llama chalé."

"Suenan como el tipo de personas que les gusta viajar mucho" dice, tomando agua para limpiar el jabón.

"Lo son. Cuando yo llegué tuvieron que parar un poco por unos años hasta que pudieron volver a hacerlo. Mamá y papá, ambos trabajaban en una maderera. Mamá llego a ser encargada y papá también. Pudieron retirarse el año pasado y están haciendo varios planes ahora."

"¿Cuánto tiempo han estado juntos?" me pregunta, besándome el hombro y dándome escalofríos. Para un hombre que no está seguro de saber qué es el amor, me hace sentir amada.

"Desde sus veinte. Estoy segura de que nunca quisieron niños en el medio. Fue un accidente. Son muy compañeros entre ellos."

"Qué triste, la pequeña Elizabeth fue un accidente." Dice y gira mi cabeza hacia él.

Mi cuerpo se gira fácilmente hacia él y muevo mis piernas para anclarme con él. "Dicen que no lo soy, pero cuando tenía cinco años les pregunto si iba a tener algún hermano o hermana y rieron cuando me contestaron que no había manera. Eso me marco. Incluso a ea edad. Sentía que se sentían atrapados por mí. Es por eso parte de la razón que pasaba tanto tiempo en la casa de mi abuelo."

"Si alguna vez tengo hijos, me gustaría hacerlos sentir especiales." Dice y sus ojos van directo a mis senos. Luego, sus manos y susurra, "Estos son hermosos."

Me rio, "¿Enserio? Creo que son muy grandes. Sabes lo que dicen, cualquier cosa que no entre en la boca es un desperdicio."

"No sé qué idiota dijo esa frase, ¡Pero era un mentiroso!" de repente sus manos están en mi cintura y me levanta, dándoles a cada una un beso. "Me encantan tal cual son."

Me muerdo el labio inferior, y me pregunto si está siendo honesto. Cuando me baja, su mano se mueve por mi rostro para quitar el cabello que se cae en él mientras me sostiene.

Con mis manos a los costados de su rostro, me inclino y lo beso dulcemente "Gracias, Zane. Eres muy gentil."

"Tu también" me besa.

Recostada en la bañera llena de agua tibia y besándolo mientras estoy encima de él me tiene sintiéndome mejor que nunca. Sus brazos me sostienen tranquilamente mientras su lengua divaga por mi boca.

Quito mi boca de la suya y lo miro a los ojos. Hay algo ahí que no estaba antes. Nunca imagine que tener sexo podía hacer que sentimientos profundos se desarrollen.

Podría estar mintiéndome a mi misma sobre lo que veo. Podría estar mintiéndome de que esto podría durar. Pero por ahora, creo que me dejaré pensar que es verdad.

"Creo que si te gusto, te gustará mi familia."

Sus manos se mueven por mi brazo y a mi hombro; su dedo recorre mis labios. "Y me gustas, mucho,mucho. ¿Yo te gusto?"

"Más que nadie."

"Bien. Porque tu me gustas más que nadie también." Un beso termina con la oración y me encuentro embelesándome tanto con él que hasta duele fisicamente.

Nunca me di cuenta que era el tipo de persona que tenía miedo de amar o perder.

Cuando separamos nuestras bocas, lo encuentro mirándome. ¿Tienes hambre?

"Muero de hambre." Digo, ya que no habíamos comido la cena.

"Pediré servicio a la habitación. ¿Filetes?"

"¿Y una gran bolsa de papas al horno?" pregunto.

"¿Qué tipo de postre?" pregunta.

"Pensaba en tenerte a ti de postre"

Una sonrisa se dibuja en sus labios y debo besarlo. "Me gusta como piensas, nena. Sab´iia que una vez que me probaras, querrías más."

"¿Sabías?" pregunto. "Eres muy seguro de ti mismo. Y por otro lado, si nunca has tenido una mujer en tu cama, ¿Por qué tu cajón estaba lleno de diversión?"

"Para ti. Ayer compré todo eso. Me temo que estado teniendo fantasias locas desde el momento en que te conocí. Pequeñas, locas, sucias fantasias. Así que preparate para cumplirmelas todas."

"Parece que tienes planes, Romeo"

"Los tengo, y estás en todos y cada uno de ellos."

¡Estoy en sus planes!

CAPÍTULO 6

Zane

"Nos encantaría hacer un viaje para visitar en persona" le digo al hombre sentado frente a nosotros. El resort de Sven Schweiz es algo que Elizabeth encuentra fascinante.

"No puedo esperar a verlo" dice aplaudiendo. "¡Qué emocionante!"

"¿Cuándo puedes venir?" pregunta Sven.

Elizabeth me mira buscando una respuesta y decido que ella puede manejarlo. "Tu decides, Elizabeth"

"¿Yo?" pregunta "No tengo idea de lo que tienes en la agenda."

"Está bien, puedo acomodar todo de acuerdo a lo que quieras hacer." Estoy tratando de ver cómo incorporarla en mi vida, para no cometer el mismo error otra vez. Y lo encuentro mucho más fácil que antes en pensar en ella. Casi todo el tiempo.

"¿Cuándo es el mejor momento para visitar Sven? Me gustaría verlo en su mejor momento"

Le doy una palmadita en su regazo. Me inclino y susurro. "Bien pensado"

Sonríe, asiente y mira a Sven, esperando su respuesta. "La primavera es la mejor temporada. Puedo reservarles una semana en primavera entonces"

"Eso sería genial" dice. "No puedo esperar"

La primavera es en casi seis meses y me siento feliz de que ella ya esté haciendo planes en el futuro lejano. Creo que esto que tenemos está creciendo.

"Fue muy grato conocerlos. La pasé muy bien y espero verlos en la primavera. Seguimos en contacto." Dice y todos nos levantamos para dejar el restaurante, mientras el se sube a un taxi y nosotros a otro.

"Lo has manejado muy bien, Elizabeth" le digo con un beso en la mejilla. "Tienes una diplomancia natural. Deberías considerar trabajar conmigo."

"¿Cómo qué?" pregunta y mira afuera de la ventanilla "No puedo superar lo alto que son los edificios. Hay tantos"

"Eres adorable." Vuelvo a besarla. "Podrías ser mi asistente."

"Ya tienes una de esas" dice y me mira "¿No crees que te hartarías de mi si me tienes siempre cerca tuyo?"

"¿No crees que tu te hartarías de mi si me tienes siempre cerca tuyo?" le doy vuelta la pregunta.

"No estoy segura. Me gusta estar cerca de ti"

"¿Me extrañas cuando voy a trabajar?" le pregunto mientras juego con un mechón de su cabello.

"Sí" me sonríe. "Creo que podríamos intentar y ver si nos gusta o nos hartamos"

La realidad es que, la exraño como loco cuando tengo que dejar la casa. No puedo explicarlo, pero sí y he estado pensando seriamente en que venga conmigo para mis compromisos diarios.

"Tengo toda la próxima semana libre para que podamos

quedarnos en tu ciudad. Quiero ver ese faro y empezar con las renovaciones."

Su mirada hace que mi corazón salte. Sus ojos brillan y luego su brazo está alrededor de mi. "¡Oh Zane!"

Debo reirme y luego beso su frente. "Podemos quedarnos en tu casa, si quieres."

"Claro que sí." Me dice, soltándome. "No es nada parecido a este lugar, y seguro que te decepcionarás."

La beso para callarla. "Podría estar contigo en una cueva y aún así no me decepcionaría."

Su sonrisa es como un faro de luz y sus mejillas están llenas de rosa. "Zane, eres muy dulce"

"Lo sé."

El taxi para en el edificio de mi oficina y vamos hacia arriba. "Entonces, ¿Cómo funcionará esto?" pregunta "¿Voy a tener mi propia oficina?"

"¿Por qué? ¿No quieres estar en la mía?" pregunto envolviéndola con mis brazos y arrastrándola a mi elevador privado que finalmente fue reparado ayer.

"¿Realmente quieres que esté en tu oficina contigo todo el día Zane?"

"Claro, puedes sentarte en mi regazo y tomar notas o algo así." Entrando en el elevador, la encuentro mirando todo.

"Esto es pequeño y usaste una llave. ¿Es sólo para ti?" pregunta.

"Sí" le digo trayéndola hacia mi. "¿Alguna vez tuviste sexo en un elevador?"

"No" dice riendo. "Pero algo me dice que eso puede cambiar en el futuro cercano."

"Podría. No me gusta regalar mis sorpresas. Hablando de las cuales, tengo algo para ti en mi oficina que quería llevar a casa ayer, pero lo olvidé."

Cuando el elevador se detiene y la puerta se abre, ella ve que estamos en mi oficina y su expresión es de confusión. "¿Entra directo a tu oficina?"

"Sí" le digo guiándola fuera del elevador a mi oficina.

"¿Por qué no usaste este para escaparte de mí el día que vine?" me pregunta y su mente parece volver a aquel día, hace menos de una semana.

"Se averió. Estaba tratando de venir por aquí. Pero supongo que fue una bendición. Si no te hubiera visto, probablemente noda de esto hubiera pasado." La tomo en mis brazos, la beso y ella se derrite en mí.

Cuando el beso termina, veo confusión en sus ojos. "¿No crees que esto es extraño? Soy nadie que viene de ningún lugar importante y tu eres este multimillonario. No hay razón para que tengas un poco de interés en mí."

"Bueno, eres preciosa."

"No, soy linda" dice y me empuja "Tu eres precioso. Tu te ves mucho mejor de lo que yo me veo. Y eres más listo, también."

"Deja de venderte a ti misma como poca cosa. Eres preciosa, inteligente, y estás apunto de darte cuenta de ello mientras te introduzco al mundo de los negocios y caerás en cuán grandiosa realmente eres." Voy a mi escritorio y saco la pequeña chuchería que le compré.

Sostengo la pequeña caja, la veo tomarla de mi mano y abriéndola. Quita el pequeño collar que realmente no es nada que vería pero estaba caminando a la oficina después del almuerzo y lo vi en una pequeña joyería. Tenía que comprarlo.

"Es un collar con un pequeño faro colgando." Dice en un susurro. Cuando me mira hay lágrimas en sus ojos.

"No llores. No lo hice para hacerte llorar, nena." Le digo trayéndola a mis brazos.

"¡Es la cosa más dulce, Zane! ¿Por qué eres tan bueno conmigo?"

Y ahí va de nuevo a las aguas. ¿Hay algo bueno que pueda hacer que no haga a esta chica llorar?

CAPÍTULO 7

ELIZABETH

Después de rentar un auto en el pequeño aeropuerto de Ciudad Chesapeake, estamos manejando hacia la reunión familiar en un parque local y el teléfono de Zane se está volviendo loco. "No puedo creer que esté haciendo esto" dice, con una tensión en su voz que no había escuchado nunca.

"Quizá deba contestar" le digo, ya que es Meagan Saunders quien llama tanto para algo de lo que no tengo una idea.

Sus ojos me miran. "Hazlo. Ve qué carajo quiere"

Con astucia, contesto. "¿Qué carajo quieres Meagan?"

"Atiendes su teléfono, ¿eh?" dice riendo. "Mira, estoy detrás de ustedes. No soy una persona a la que le puedan mentir. Sé que están yendo a tu pequeño pueblo y de tu reunión familiar a la que lo llevas."

"¿Cómo sabes de nuestros asuntos?" digo y me siento más enfadada de lo que me había sentido en mi vida.

"Sólo lo sé. Tengo muchos contactos. Necesitas decirle a

Zane que no he terminado con él y que necesita tenerlo en cuenta. Peleo por lo que quiero. Siempre lo consigo"

"Deja de llamarlo" le digo y termino la llamada. "La odio, Zane. Enserio."

"La escuché" dice. "Está más loca de lo que creía"

"No iba a decirle a mi familia la mentira de estar casados, pero creo que debería. Si se entera que le mentiste, odiaría pensar en qué podría hacerle a tu reputación."

Me mira y se vuelve al camino. "Estoy comenzando a resentir haber dicho esa mentira más de lo que pensé. Pero creo que tienes razón. Tu deberías contarle la misma historia que le hemos contado."

Asiento y comienzo a sentir dolor de estómago. Nunca le he mentido a mi familia entera. Se siente incorrecto en tantos niveles. Y de repente odio a Zane por ponerme en esta posición.

"Tengo que comprar algo para comer, Zane. Estaciona en aquella pequeña tienda y traeré algo rápido" mientras estaciona, veo el auto de uno de mis ex novios y siento una punzada de incomodidad. "Oh, ese es el auto de Rodney."

"¿Quién es Rodney?" Zane pregunta.

"Uno de los viejos novios. Él fue el último."

"Entonces voy contigo" dice apagando el auto. "Y déjame abrir esa puerta"

"No, está bien" digo pero me da esa mirada que me dice que lo deje hacerlo.

Entonces espero a que venga y me siento como una tonta mientras abre la puerta para mi, toma mi mano y me ayuda a salir. Luego su mano va a mi espalda baja al entrar a la tienda, y todos nos miran.

"¿Dónde has estado en la semana, Lizzie?" me pregunta la encargada. Ella y yo ibamos a la escuela juntas.

"Nueva York" digo y me apresuro a la sección de papas fritas.

Y luego veo a Rodney que me mira sonriente "Ey, tú"

La mano de Zane se mueve de mi espalda a mi cadera, donde la deja, y los ojos de Rodney van directo a ella. Yo sonrío incómodamente. "Hola Rodney. ¿Cómo has estado?"

"Bien. ¿Nos vas a presentar Liz?" hace gestos hacia Zane

"Él es Zane White."

Zane se inclina a apretar su mano "Su esposo."

Los ojos de Rodney se abren. "¿Qué carajo?"

¡Okay, esto se va a regar por toda la ciudad, y todos lo sabrán probablemente antes de que llegue al parque y a la reunión familiar!

Una incómoda picazón amenaza todo mi cuerpo y creo que podría ser una urticaria. Nunca he dicho semejante mentira a nadie. Podré volverme alérgica a decir mentiras a gran escala.

"¿Cuándo paso esto?" Rodney pregunta "Quiero decir, te vi hace poco en el restaurante y me dijiste que seguías soltera"

"Ella estaba soltera." Dice Zane. "Ahora, no lo está. Nos casamos a mitad de la semana pasada."

Miro a Zane, mentalmente intentando que se calle ya que Rodney y la encargada me miran con desconfianza. "¿En qué fecha?" pregunta Rodney.

"Dieciséis" digo

Automáticamente, Zane dice "Diecisiete"

"¿Cuál es la fecha?" pregunta Rodney con sus ojos entrecerrados.

"Nos casamos a media noche en Las Vegas. Él está en lo cierto, era el diecisiete." Lo miro a Zane de nuevo. "Te contaría los detalles, pero tenemos que llegar a una reunión."

Tomo una bolsa de papas fritas, intento caminar alejándome pero Rodney se para en frente de mí. "No me lo creo. Te vi un día antes de eso. ¿Qué es esto?"

"Nada" digo casi gritando. "No quería contarle a nadie de él hasta que supiera que era de verdad, y le dije que si realmente me quería que se case con mi estúpido traser y lo hizo." Miro a Zane "Ve y toma algún adhereso así nos vamos"

Va y hace lo que le digo, ya que mi tono es brusco porque no estoy acostumbrada a mentir e improvisar en el momento.

Rodney me mira, como si no me creyera. Porque, enfrentemoslo, ¿Quién va a creer que este hombre perfecto se casó conmigo sólo porque yo se lo dije?

Y ahora estoy aquí con esta estúpida mentira porque eso es lo que toda la ciudad escuchará. La encargada me mira y sacude la cabeza. "No lo sé, Lizzie"

"Carla, no sé cómo explicarlo. Él y yo tenemos una relación particular."

Zane paga por las cosas y luego caminamos hacia el auto. Me mira luego de encender el auto. "Eres terrible mintiendo. ¿Por qué eras tan buena en Nueva York?"

"Supongo que porque era un anónima." Pongo mi cabeza entre mis manos y la sacudo. "No puedo creer que se me ocurrió esa mierda. Nadie creerá que te casaste conmigo porque yo lo dije."

"Supongo que puedo jugar a ser un poco débil. Tu jugaste un papel para mi. Yo puedo hacer lo mismo."

Su mano se mueve para tomar la mía y lo miro "Ni siquiera quiero que juegues un papel, Zane"

"Está bien, tú lo hiciste por mi."

Y mientras conducíamos para ver a mi familia, sé que esto es terrible. Vamos de nuevo a lo surreal y odio este sentimiento. Lo quería presentar como mi novio, pero mierda que Meagan Saunders lo arruina todo.

Mi estómago me duele mientras aparcamos en el estacionamiento. El enorme grupo que es mi familia está desbordando las mesas de picnic y quiero irme. No quiero ir con ellos y mentir todo.

Zane me mira sonriendo "Vamos, necesitas actuar como una mujer mandona. Seré todo un sumiso. Será fácil, ya lo verás."

"¿Estás seguro de eso?" le pregunto y e intento abrir la puerta del auto. Él sacude su cabeza. "Déjame, tengo que lucir como un verdadero lame culos si queremos que esto salga bien."

¡Me siento una estúpida!

CAPÍTULO 8

Zane

"¿QUÉ?" LA FAMILIA ENTERA LE GRITA A ELIZABETH CUANDO ella me presenta como su esposo y toma mi mano izquierda para mostrarles los anillos.

Se puso en una actitud de zorra y dijo, "Bueno, le dije que no estaba para juegos y que si realmente me quería, necesitaba ver un anillo en mi dedo. Y lo hizo. Me llevó a Las Vegas y cerramos el trato."

Su padre me mira con desconfianza. "¿Te casaste sólo porque ella te dijo eso? ¿Qué dices que haces? ¿Ella dijo que tu nombre es Zane?"

"Sí" respondo.

La cabeza de Elizabeth aparece y dice con un tono rígido, "Sí, señor, Zane. No me dejes escuchar de nuevo que olvidaste tus modales o vas a ver."

Casi muero de risa, pero me contengo. "Sí, señor. Y la mayor parte de mi tiempo, hago negocios en bienes raíces. Compré esa propiedad donde está el faro. Iba a construir condominios ahí pero Elizabeth me contactó para que no lo hiciera. Así fue como me enamoré de ella." Se sintió bien, porque esa línea es bastante cercana a ser verdad.

"¿Entonces vamos a tener nuevos condominios?" pregunta una de las tías. "No había escuchado sobre eso."

"Eso es porque Zane canceló los tratos. Me regaló la propiedad. Va a renovar el faro" Elizabeth dice.

Su madre sacude la cabeza y me mira. "¿Por qué harías eso?"

Elizabeth responde. "Porque yo se lo pedí, o no tendría nada que ver conmigo."

Su madre la mira de la manera que mira a un extraño, "Lizzie ¿Quién carajo eres? Tu no actúas así."

El rostro de Elizabeth queda petrificado, así que salto a ayudarla "Es algo en mí que la tiene actuando así. Necesito un poco de control de una mujer. Lo necesito."

Las miradas me hacen sentir un perdedor. Y me pregunto si realmente esta es la mejor manera de presentarme ante su familiar. Familia a la que me gustaría pertenecer algún día.

"¿Cómo una especie de sumiso?" uno de sus tíos pregunta.

Sacudo mi cabeza y me avergüenzo cuando veo que Elizabeth asiente y dice, "Exactamente, tío Roger"

"¡Oh Dios mío!" dice su madre y el padre la ayuda a sentarse tomando su mano.

"Aquí, mi amor" dice a su esposa. "Siéntate. Esto es demasiado."

Una de sus primas, que viste un apretado y pequeño vestido se acerca a Elizabeth y susurra, pero no lo suficientemente bajo para que no la escuche. "Tú pequeña atrevida"

Elizabeth le sonríe y me mira. "Un poco de ponche sería genial"

Me apresuro a buscar un vaso y la familia entera me mira.

Esto es humillante. No tenía idea cuando le dije que deberíamos mentirle a su familia de que las cosas saldrían así.

Y tenemos una semana aquí. Bien, pueden apostar que no voy a dejar la casa."

❧

ELIZABETH

El día se mueve a paso de tortuga y estoy odiando cómo está sucediendo todo. Todos piensan que soy una maldita infeliz y Zane actúa como un sumiso controlado. Esta no es la manera en la que quería que mi familia pensara de mi o de él.

Zane me trae otra pata de pollo, como le había indicado gruñiendo, y se sienta a mi lado en la mesa de picnic. Se inclina y susurra, "¿Cuándo podemos salir de aquí?"

Sintiéndome igual, le digo "Ahora. Estoy exhausta". Me levanto, tomo mi pata de pollo y la como mientras saludo con la mano a todos. "Debo irme. Estaré aquí toda la semana. Pasaré a visitar, mamá y papá."

Mamá me mira con el ceño fruncido. "Hazlo, señorita. Tenemos que hablar. Lindo conocerte, Zane"

Mi familia entera saluda con la mano a Zane, y siento el eco del sentimiento de mi madre mientras nos vamos. A penas subimos al auto, comienza, el temblor en mi labio inferior y los nudos en la garganta. "Apresúrate" le digo mientras estamos en el estacionamiento. "No quiero que me vean llorar"

"Oh, bebé, no llores. Solucionaremos esto." Dice y se apresura a encender el auto antes de que rompa en llanto.

Tan pronto como nos perdemos de vista comienzo a lamentarme. "Dios Mío, ¿En qué me he convertido?"

Las lágrimas salen de mí y no puedo dejar de llorar. Su mano en mi rodilla me da palmaditas mientras lloro y lloro. "Amor, no sé cómo llegar a tu casa. ¿Podrías intentar parar y decirme?"

Me seco las lágrimas y miro a mi alrededor. "El tercer camino a la izquierda. ¿Por qué esa terrible mujer tiene que existir?"

"Yo arreglaré esto. No soporto verte así." Me dice. "Le diré la verdad y luego le podremos decir la verdad a tu familia. Que no estamos casados pero que vivimos juntos porque somos una pareja. ¿Hacia adónde ahora?"

"En una milla, a la izquierda" le digo, "No va a funcionar, es muy tarde. Le he mentido a todos. No puedo sólo decirles eso."

"Podemos explicarles todo."

Su teléfono suena y me seco las lágrimas, viendo que es esa perra de nuevo. Lo ve e intenta levantarlo, pero yo lo tomo primero. "No, Zane. Necesitamos pensar las cosas. Tener un plan. Hemos estado haciendo todo a medida de que las cosas van pasando. Paremos, tranquilicémonos y hagamos un puto plan. Porque ninguno de los dos es bueno en este juego de mentiras."

"Tienes razón. Especialmente tú. ¿Un sumiso? ¿Enserio? Iba a cagarme encima cuando estuviste de acuerdo con eso."

La imagen de Zane en esas cosas de bondage me hace reir y dejo de llorar. Pero es como un sonido histérico y lo detengo. "Lo siento. Lo siento por todo. No tengo idea de cómo vamos a salirnos de este desastre."

"Tengo suficiente dinero para huir para siempre, Elizabeth." Me dice y pone su mano en mi regazo.

"Amo a mi familia. Ellos piensan que soy una mierda ahora, pero igual los amo y tengo que pensar cómo arreglar este error, sin perderte en el proceso"

"¿Qué se supone que significa eso?" pregunta al mirarme con su mandíbula tensa.

"Significa que para arreglar esta mentira debemos decir otra. Una diciendo que el matrimonio ha sido anulado y fuimos por caminos separados. Esa es la única que se me ocurre que limpiará este desastre."

"Bueno, no vamos a hacerlo."dice "No estoy listo para terminar esto, ¿Tu lo estás?"

"Dobla aquí. Este es el complejo de apartamentos."

Dobla y me pregunta otra vez "¿Quieres terminar esto, Elizabeth?"

Apunto a la derecha, "Toma este camino y todo hacia atrás. Es el último edificio a la derecha. No puedes perderte, la señora del primer piso tiene su puerta pintada como un arco iris."

Va hacia donde le indico y estaciona en frente de la puerta arco iris, donde la Señorta Shirley vive con sus siete gatos. Me pregunta de nuevo "Elizabeth, contéstame. ¿Estás lista para terminar esto?"

"Creo que deberíamos."

SU DESAPARICIÓN

El Faro del Multimillonario 2

Por Kimberly Johanson

CAPÍTULO 9

ZANE

"No, no tenemos," le digo a Elizabeth cuando salgo del auto y vuelvo a entrar inmediatamente. "Llévame a tu faro"

"¿Ahora?" me pregunta confundida. "Creo que necesitamos reevaluar esta situación y cómo la vamos a arreglar todo esto. ¿Y tú quieres ir al faro? No entiendo."

"Quiero que ver qué fue lo que te inspiró a venir a Nueva York en primer lugar. Así que, dime cómo llegar allí."

Enciendo el auto, salimos del estacionamiento y giro a la izquierda, ya que ella me guía en esa dirección. No estoy seguro de por qué pensé en esta idea, pero ella diciendo lo que no quiero escuchar me hará hacer cualquier cosa fuera del tema de terminar con todo esto.

Luego de pasar una milla, lo veo. Es viejo, demacrado y la propiedad es una porquería. Pero ella ama esta vieja y horrible cosa, así que estaciono afuera de la cerca.

"¿Cómo vamos a entrar?" pregunta.

Saco un juego de llaves de mi bolsillo y las sostengo "Alguna de ellas nos hará entrar"

Sale del auto al mismo tiempo que yo y me encuentra en el portón. "Es gracioso como olvido que tú fuiste quien cerró este lugar."

Luego de tres llaves, encuentro la indicada y abro el candado. El césped ha crecido, así que tenemos que meternos por él para llegar al faro, que ha sido cerrado con tablas, por mis órdenes. "No pensé que lo habían cercado con tablas."

"Hay una vieja palanca aquí." Me dice moviéndose hacia la derecha. "La vi aquí hace un par de años. Sé que está debajo del césped, por algún lado."

"Déjame buscarla" le digo y ella desaparece bajo el alto césped y, con un gruñido fuerte, regresa con una oxidada palanca en sus manos.

"La encontré" me sonríe y me la entrega. "Dejaré que la uses. Es tuya ahora."

"Yo te la dí." Le digo tomando su mano y la llevo de vuelta a la puerta del faro.

"Bueno, eso no es legal todavía." Me dice siguiéndome.

"Eso lo haré esta semana. Y podremos hacer las renovaciones en el edificio y la propiedad. Me puedes decir cómo te gustaría que este lugar luzca cuando esté terminado."

Veo que sólo hay cuatro clavos sosteniendo la madera contrachapada y fácilmente la quito con la palanca. Elizabeth gira el picaporte y empuja para abrir, dando lugar a un piso lleno de tierra.

"¿Hueles eso?" pregunta sonriendo.

"¿Moho?"

Sacude su cabeza. "Recuerdos."

"Oh, claro. No consigo sentir los olores del pasado aquí." Pongo mi brazo alrededor de ella y enciendo la linterna de mi celular. "Está un poco oscuro aquí adentro."

Hay sólo dos pequeñas ventanas en el piso y las dos están

sucias, así que sólo dejan entrar un poco de luz. La mayoría de la luz proviene de las ventanas de arriba de la escalera caracol.

Elizabeth apunta al suelo. "Este es el living y una pequeña cocina con un muy chico sector comedor. Aquella puerta lleva a un dormitorio y tiene también un pequeño baño."

"¿No hay mucho espacio aquí?" pregunto y señalo las escaleras. "¿Cuánto espacio hay arriba?"

"Ven" dice riendo. "Te mostraré. Es mi lugar favorito. Puedo ver un living hecho ahí arriba y hacer un dormitorio y una cocina más grande aquí abajo."

"Suena bien" le digo mientras toma mi mano y me lleva a la escalera. "Esto está muy débil. ¿No crees? Quizá una nueva escalera podría funcionar."

Se detiene y me mira. "¡No! ¡De ninguna manera!"

"¿Y por qué ese "no" tan automático?"

"Porque este es uno de mis recuerdos. Siempre caminaba detrás del abuelo cuando veníamos. Recuerdo la manera en que la escalera se sacudía con su peso y rechinaba debajo de él. Es parte del encanto del lugar."

"¿Desde cuándo lo débil e inestable se convirtió en encanto? La seguridad es importante también. Quizá podemos dejar la escalera afuera y usarla para algo diferente. Ya sabes, darle un nuevo propósito."

Me mira por un segundo, se vuelve y sigue subiendo. "Veremos, Zane. No prometo nada."

Finalmente llegamos arriba y puedo ver por qué le gusta tanto este lugar. "Linda vista."

"Deberías ver una tormenta eléctrica desde aquí arriba, va más allá de cualquier cosa que hubieras imaginado." Se deja caer en una bolsa de dormir llena de tierra y yo la miro mientras ella husmea por la ventana.

Estornudo, porque el polvo que ella dejo salir voló hacia mi nariz, sacudo mi cabeza. "Llamaré al servicio de limpieza para que venga mañana. ¿Conoces alguno bueno por aquí?"

"Los baldes de Vera es el único servicio alquí. Ella es

buena. Tiene noventa y tantos, pero sus nietos limpian ahora" Sus ojos brillan al mirar afuera y debo admitir que luce más feliz que lo que la había visto jamás.

Entonces me siento arriba de la bolsa de dormir con ella. "Okay, los contrataremos y un equipo de paisajistas vendrá a ordenar todo para que podamos ver qué tenemos para trabajar aquí."

"No puedo creer que esto sea real, Zane." Me mira y pasa su mano por mi mejilla. "Tenemos que arreglar esta mentira, amor."

"Realmente podríamos casarnos" le digo riendo. Pero muy dentro de mí, realmente lo creo.

"No," dice rápidamente. "Sé que me gustas, pero no estoy enamorada de ti"

"¡Ouch!" digo y pongo una mano en mi corazón. "Eso dolió más de lo que piensas"

Se rie y pone su mano en mi corazón. "No quería herirte para nada. Lo digo para traerte de vuelta a la realidad. La realidad es que me gustas, mucho, mucho."

"Sé que es así" digo y desearía que fueran tres de cuatro meses en el futuro, y ella sentiría más que eso por mí.

¡El tiempo es tan inconveniente!

CAPÍTULO 10

ELIZABETH

Dos días han pasado y el servicio de limpieza recién ha terminado de limpiar el interior del faro y el equipo de paisajistas ha quitado hasta el último rastro de césped. Zane y yo estamos en camino a evaluar, lo que el llama, el daño a las construcciones y suelos.

"¿Qué dices de hacer ampliaciones al edificio?" me pregunta. "¿Estás totalmente en contra?"

"Bueno, no quiero verlo diferente, exactamente. Sé que no hay mucho espacio en él pero sólo será para mí, y para ti cuando vengas a visitarme."

" ¡Ah! ¿Qué quieres decir con eso?" me pregunta al estacionar frente a la cerca.

"Voy a vivir a aquí" le digo al salir del auto.

Saliendo rápidamente, me sigue a la puerta del faro. "Pero debo estar en Nueva York mucho tiempo"

"Sé que debes." Le digo mientras sigo caminando a la puerta. Cuando la abro, huele mucho mejor. "¡Mmmm… huele a limón!"

"De verdad, se ve mucho mejor con las ventanas limpias, puedes ver las cosas más claras. Veo cómo podremos trabajar con esto." La puerta del dormitorio está abierta ahora, así que entro y me doy cuenta que la cama es más pequeña de lo que recuerdo. Siempre estaba bastante oscuro aquí, por lo que nunca me di cuenta cuán pequeño realmente era. "Esto nunca funcionará."

"Sé que es pequeño," me dice. "Pero podemos derribar esa pared y rehacer toda esta área debajo de las escaleras. Esa pared no está sosteniendo nada. Haré que el contratista venga y evalue la estructura, y luego sabremos qué podemos hacer para que funcione para nosotros."

"Para mí, quieres decir." Le digo y me doy vuelta para verlo. "Dijiste que esto era mío, ¿verdad?"

"Es tuyo, nena" Me toma en sus brazos y se mece conmigo. "Pero sé una o dos cosas sobre renovaciones. ¿No quieres mi ayuda y la de los expertos?"

La realidad es que he estado preocupada por algunas cosas desde la reunión. He estado bastante preocupada por saber cómo vamos a arreglar toda esta mentira. Cuando le pregunté a Zane cuándo pensaba que podría decirle a Meagan la verdad, me dijo que había tres desalojos agendados para la semana entrante y necesitaba su ayuda para eso.

Estaba un poco más que molesta por eso y me encontré callada. En mi opinión, hay más jueces en la ciudad que podrían ayudarlo. Mi sentido de araña me dice que hay más por esa mujer de la que él dice no tener sentimiento alguno.

Sé que ella lo molesta, pero él tuvo que haberle dado más que sólo un día en una ocasión para que ella actúe de esa manera. Sé que me dijo que se acostó con ella una vez y le creo, pero hay algo que no me está diciendo.

"Voy a correr y buscar esa cesta de picnic que trajiste, y también esa manta para que podamos comer arriba." Dice y besa la punta de mi nariz, soltándome y dejándome sola.

Camino alrededor del pequeño interior, pienso en cómo se

sentiría vivir realmente en este lugar. No es algo que haya contemplado antes.

Escucho las escaleras rechinar y veo a Zane que vuelve con la cesta de picnic y la manta. "Ordenaré todo arriba y te llamaré cuando todo esté listo para ti, nena"

"Okay" digo y lo veo subir hasta que desaparece arriba "Puedo ayudar"

"No, quiero sorprenderte con algo" su voz hace eco en el edificio vacío mientras cierro la puerta.

El faro ya se ve mejor de lo que se ha visto jamás desde que lo han mudado aquí, y puedo imaginar este lugar siendo más que hermoso en un futuro no muy lejano.

"Puedes subir" me grita.

Mientras subo, puedo sentir el aroma a manzana con canela y encontrar varias velas cuando llego hasta arriba. La manta está en el piso y la cesta de picnic abierta. "Muy lindo"

Se levanta, toma mi mano y me lleva a la manta. "Su almuerzo está servido, madam"

Cruzando las piernas como indio, Zane se sienta en frente de mí, como yo. "Esto es dulce, ¿no crees?" le pregunto mientras tomo un sandwich de jamón. "Me has llevado a lugares lujosos a comer y este lugar tiene mucha mejor comida, si no es la mejor"

Sus ojos se quedan en mí y suspira. "A ti realmente te gusta más lo simple. Es evidente por cuánto has sonreido desde que llegamos aquí. Nueva York no es para nada lo tuyo, ¿no?"

"La verdad, no" confieso. "Pero me gusta estar contigo"

"Y a mi me gusta estar contigo. Pero estás más que convencida que te quedarás aquí, ¿no?"

Asiento, muerdo un bocado del sándwich y miro su mirada caer. "Seguro que puedes quedarte en Nueva York en la semana y venir aquí los fines de semana. Tienes un jet."

"Me acostumbre a abrazarte por las noches" Toma mi mano y la lleva a su corazón. "Tambien me he acostumbrado a ver tu hermoso rostro todos los días. Te quiero conmigo.

Quiero que trabajes conmigo. Te quiero cerca de mí todo el tiempo."

"Y creo que eso suena bien, pero también lo es quedarme aquí. Volver a trabajar en el restaurante, dormir aquí cada noche. Ahora eso suena como el cielo para mí."

"Honestamente, no pensé que al darte este lugar, te estaría perdiendo."

"No me estás perdiendo, Zane. Estás siendo dramático" le digo en un suspiro. "Tu y yo no hemos estado juntos el tiempo suficiente para que cualquier espacio entre nosotros nos pueda causar dolor."

"Si eso es así, ¿Por qué mi corazón duele?" me pregunta mientras extiende mi mano sobre su pecho. Puedo sentir su corazón latiendo rápido y me pregunto por qué será.

Toma la otra mitad del sandwich de mi mano, la pone en la bandeja de donde la saque y me mueve hasta acostarme en la manta con él, sosteniéndome. Sus ojos buscan los míos al decir, "Te amo, Elizabeth Cook. Mírame a los ojos y dime que no me amas."

Abro mi boca para decirle que no lo amo. No todavía. Pero nada sale. Mi corazón va a noventa millas por hora mientras trato de formar las palabras que se rehusan a salir. "¿Y qué si te amo, Zane? ¿Eso qué cambiaría?"

"Tu apellido, por un lado. Tu dirección, por el otro."

¿Esto significa que realmente quiere casarse conmigo? ¿Y yo realmente quiero casarme con él?

CAPÍTULO 11

ZANE

El sol que entra por el círculo de las ventanas tiene a su cabello dorado brillando como un halo alrededor de su precioso rostro mientras se recuesta en la manta a mi lado.

Lo puedo ver, en sus ojos, la verdad. Pero ella todavía no va a decir lo que quiero escuchar de esos rosados y regordetes labios. Así que la beso, larga y dulcemente y luego los libero, mirando a sus ojos de nuevo. "Dime la verdad"

"Sólo que no estoy segura de qué se siente como amor, Zane. No hace mucho que te conozco."

"Si nunca más me sintieras tocarte, ¿lo extrañarías?" le pregunto, pasando mis dedos por sus senos.

La manera en la que se estremece cuando la toco me dice más que cualquiera de las palabras que me diga. "Claro" dice "Pero no sé si eso es amor."

"Si nunca más pudiera sentirte puedo decirte que, sin duda, lo extrañaría demasiado. Estoy seguro que me dejaría una marca permanente." Paso mi mano por debajo de su corto vestido de verano hasta que siento su seno debajo de mi palma. Dándole un pequeño apretón, veo cómo sus ojos se agrandan.

"¿Enserio lo piensas?" pregunta y se muerde el labio inferior mientras su cuerpo se arquea con el mío.

Le doy lo que quiere y recuesto mi cuerpo en ella. Me inclino, paso mis labios por su cuello hasta su oído. "Te amo. Te amo, Elizabeth."

Ella gime mientras empujo mi erección en su suave pecho. Sus manos se mueven por mi espalda y susurra, "Amor es una palabra fuerte."

Su cuerpo tiembla mientras muevo una mano a su lado. "Lo es. Mis sentimientos por ti son fuertes"

"¿Cómo puedes estar tan seguro?" pregunta

La beso una vez más, pasando mi lengua por la de ella hasta que su respiración se agita y termino el beso, mirando que sus ojos bailan en deseo. "¿Cómo puedes estar tan segura que no solamente te gusto?

"Eso es verdad. Tengo más sentimientos por ti que sólo un simple me gustas" Sus manos se mueves por mi mejilla y toma mi nuca, empujándome para que la bese.

La complazco y la beso más intensamente. Sus piernas se enredan en mi mientras se acalora. Intenta quitarme la camisa, por lo que me siento y la quito por ella.

Justo antes de que me mueva hacia ella, pone su mano en mi estómago, deteniéndome. "Déjame mirarte, Zane" mueve sus manos por mis abdominales y pasa sus dedos por ellos.

Empujo su vestido un poco más para develar esos grandes senos, y lo quito para poder desabrochar su brasier. Paso mis manos por sus tetas mientras ella pasa sus manos por mi. "Dilo, Elizabeth."

Sonríe y mueve la cabeza. "No."

Quito mis manos de sus tetas, y las muevo hacia su cintura, haciéndole cosquillas, que la hacen reir y sacudirse. "Dilo, Elizabeth"

"¡No!" se ríe.

Dejo de hacerle cosquillas y me levanto, mientras ella sigue riendo y me mira. "¿Qué haces?"

Quitando mis pantalones y la ropa interior también, me vuelvo a arrodillar, ubicando una mano en su estómago mientras uso la otra para deshacerme de su ropa interior. Da un gran suspiro y veo cómo sus ojos comienzan a arder.

Sentándome, la levanto para que me mire y la pongo en mi regazo. Ella gime al momento en que la siento en mi erección. "Quiero que me mires cuando estamos haciendo el amor y quiero que veas en mis ojos lo que siento por ti."

Muerde su labio y asiente, al momento en que la levanto hacia arriba y hacia abajo. Sus ojos se cierran por un segundo y se abren de nuevo cuando la levanto para que me acaricie. Sus tetas se chocan con mi pecho mientras ella las presiona y me besa.

La levanto una y otra vez mientras nuestras bocas se unen para llevarnos a otro lugar, más lejano que este faro. Ella me lleva a un lugar que nadie me había llevado antes y no voy a dejarla pasar una noche lejos de mí, mucho menos una semana.

El más mínimo movimiento dentro de ella me tiene cambiando nuestra posición. La vuelvo a ubicar sobre su espalda y separo mi boca de la suya. "Mírame a los ojos, Elizabeth. Quiero que veas qué pasa cuando me haces acabar."

"Zane" susurra. "¿Por qué crees que me amas?"

Moviéndome dentro y fuera de ella, digo, "Porque pienso en ti cuando me estoy por dormir. Eres la primera en la que pienso por la mañana. Tu sonrisa significa para mi más que cualquier otra cosa. Por eso creo que te amo"

"Mi corazón se llena de alegría cuando te veo feliz, también" admite.

"Así que te importa mi felicidad dices" digo mientras voy despacio. "Entonces te debería importar que no quiera que nos separemos. Quiero que vengas conmigo cada semana a Nueva

York y los fines de semana podremos venir aquí, juntos." La acaricio profundamente y la excito más. "De esa manera podremos sentirnos así, cada mañana y cada noche."

Su rostro se ilumina más mientras se arquea hacia mi. "Esto se siente increiblemente bien"

"Lo sé." La beso despacio y fuerte. Su cuerpo se mueve con el mío como las olas en el océano y antes que me de cuenta, nuestros cuerpos se han llevado más allá de los límites, con nosotros gritándo por la intensidad.

Moviéndome con ella, dejo de penetrarla. Su cuerpo se estremece mientras disfruta de lo que quedó del pacer del orgasmo y luego sus ojos se abren, mientras me mantengo arriba.

Esos ojos verdes están oscuros y tormentosos mientras me miran. "No me hagas disculparme, Zane."

Asiento y digo, "Nunca te haré disculparte por amarme, Elizabeth. Es una promesa."

Sus manos se mueven por mis brazos, que sostienen ambos lados de su cuerpo, manteninendo su torso lejos de ella. Suaves caricias comienzan en mis hombros y luego me atrae hacia ella, lentamente.

No puedo dejar de mirar esos ojos al cambiar de color oscuro a uno más claro. La mirada tormentosa es reemplazada por una de esperanza. Uno de sus pies va hacia la parte de atrás de mi pierna y sus labios se separan. "¿Crees que realmente tu y yo podremos hacer algo fuera de este desastre, Zane?"

"Ya lo hemos hecho" digo y la beso.

Sus manos se mueven por mi espalda y luego calmo mi beso. Se que tiene toda la razón para odiar cómo hice las cosas tan complicadas con mi maldita mentira. Si pudiera volver el tiempo atrás, como dice el dicho, lo hubiera hecho.

Pero lo que está hecho, hecho está, y tendremos que encontrar la manera de seguir. Necesito que ella confíe en mí.

Necesito que me crea. Necesito que me ame como yo la amo a ella.

"Desesperadamente quiero creerte, Zane"

"Desesperadamente te quiero, Elizabeth. Deja que las palabras salgan, nena. Me has estado diciendo que me amas desde el primer día que nos conocimos. ¿Por qué es tan difícil decirlo ahora?"

"Porque ahora van a ser verdad. Quiero estar segura de decirte la verdad, Zane."

"Lo veo en tus ojos. Lo siento cuando me tocas" susurro.

Se rie y el suave y liviano sonido hace que mi corazón palpite. "¿Sabes qué Zane? Creo que es verdad. Realmente creo."

La beso una vez más para traerla de nuevo, la beso fuerte hasta que sus uñas se clavan en mi espalda. Cuando dejo su boca, su cuerpo tiembla y sus ojos se cristalizan. "¡Oh sí! ¡Sí, Zane! Te amo, de verdad."

Y eso era todo lo que necesitaba escuchar. "Yo también te amo."

CAPÍTULO 12

ELIZABETH

"Blanco, lo quiero pintado de blanco, por supuesto" le digo al contratista.

"Azul también es lindo" dice y me muestra un pequeño ejemplo del color que está tratando de venderme. "Y podríamos hacere estas rayas negras en la parte de arriba. Es tradicional."

Miro a Zane, haciendo un sonido para llamar su atencióna la discusión que él ha estado ignorando. "¿Cuál es tu opinión, Zane?"

"Ella lo quiere exactamente como estaba cuando llegó aquí. Así que sólo refresque los colores originales." Toma mi mano y me lleva con él. "Ahora debemos ir al avión y salir de aquí. Tengo reuniones comenzando en tres horas. Volveremos el sábado para ver qué te has arreglado para hacer."

Vuelvo a mirar al contratista que Zane empleó, preguntándome si va a hacer lo que le dije. Gus es un tipo viejo que cree que sabe más que los demás y eso me pone nerviosa como nada.

"Estoy preocupada por él, Zane" le digo cuando el me abre la puerta del auto.

"No. Le dije todo claramente. No se necesita decir nada más. No hay de qué preocuparse." Dice y cierra la puerta, para luego caminar hacia el lado del conductor.

"Este negocio de renovaciónMe quejo.Mi cabeza duele con todo lo que he hecho esta semana para este proyecto y Zane quiere que vaya con él a sus reuniones en un rato, hoy. No me veo capaz de concentrarme y estoy a punto de decepcionarlo.

"Cuando lleguemos a Nueva York, sólo quiero tomar una siesta. Una larga siesta, Zane."

Con una mirada rápida, me dice "De acuerdo."

"¿Ninguna objeción?" pregunto sorprendida "¿Sólo "de acuerdo" ?"

"Sí, de acuerdo"asiente y sigue conduciendo por el camino al pequeño aeropuerto donde nos espera el jet.

Esperaba un poco de decepción. Por otro lado, parece calmo y algo feliz de que no vaya a las reuniones con él. Y ahora me hace preguntarme por qué de repente está bien que no vaya con él.

"Bueno, realmente puedo ir si tu quieres." Digo mirándolo para evaluar su expresión.

"No, no es necesario. Necesitas descansar. Has estado toda tensa con las decisiones la semana pasada. Creo que deberías ir a casa, tomar un largo y relajante baño, leer un libro y tomar una siesta."

"Ahora me haces sentir como una pendeja caprichosa. No, pospondré todo e iré contigo".

"No, hoy no lo harás. Harás lo que te dije que hagas hoy."

Lo miro con desconfianza "¿Enserio?"

El asiente. "Enserio."

"¿Quién es ella?" pregunto entrecerrando los ojos.

"¿Ella?"

"Sí, ella. Debe haber alguna mujer en las reuniones de hoy

que te hace quere ir solo." Digo refregándome la barbilla y pensando en cosas.

"Tu sabes quién es y tu sabes que no te llevas bien con ella." Dice.

"Una evasión" digo y mi memoria se refresca "¡Meagan!"
Asiente y frunce el ceño. "Ves, es mejor si no vienes"
"Ahora voy seguro"

Su mirada pasa por arriba de sus lujosas gafas de sol. "No, no lo harás"

Su voz es calma y la mía está más alta y chillona, como con la intención de decir "vete a la mierda", "Llevame a mi apartamento. ¡Ni siquiera voy a ir a Nueva York contigo!"

"Vas a venir conmigo y vas a dejar de actuar como una loca ahora mismo." Dice

"¡Actuar como loca!" chillo "¡Te puedo mostrar cómo actúa una loca!"

"Y lo estás haciendo ahora. Mira, tu sabes que tienes un problema de temperamentos con Meagan. No puedes estar diciéndole cosas o insultándola cuando está en su oficina, haciendo su trabajo. Eso significa que puedes quedarte en casa, pero no aquí, en nuestro penthouse."

Pongo mis ojos en blanco, "No lo llames nuestro penthouse"

"Lo puedo llamar como quiera. ¿Me detengo en la tienda?"

"¿Qué? ¿Por qué?" le pregunto mientras me pregunto cómo puedo hacer para que me deje ir a la maldita reunión con él.

"Obviamente estás teniendo algunos temas de mujeres. Creo que debes querer comprar algunos productos femeninos antes de que nos subamos al jet." Se ríe, como si fuera muy gracioso.

Le pego en el brazo, "¡No estoy con la regla, idiota!"
"No todavía" dice mientras continúa riéndose.
"¡Zane, no es gracioso!"

Se ríe más fuerte y yo empiezo a ver lo colorado en las esquinas de mis ojos. Así que los cierro y cuento hasta diez en mi cabeza. Y luego, empiezo a pensar de manera racional, dándome cuenta de por qué estoy tan furiosa y agitada.

¡Estoy siendo mantenida!

No estoy ganando dinero. Hasta la renta de mi apartamento la pagó Zane este mes. También se encargó de pagar la electricidad y el agua, como de llenar la heladera.

"No puedo hacer esto, Zane" le digo mientras pienso en lo que estoy haciendo. "No puedo dejar que pagues por todo y yo no trabajar. Todo es tuyo. Hasta lo que era mío se está convirtiendo en tuyo. Debo parar esto. Necesito que esto se detenga ahora."

"¿De qué carajo estás hablando, Elizabeth? Estás trabajando. Estás haciendo las llamadas y las decisiones sobre las renovaciones del faro. Eso es un trabajo. Se llama ser encargada de proyecto y eres buena en eso. Esta experiencia te ayudará cuando tomemos nuestro próximo proyecto de trabajo."

"La única razón por la que hago esto es porque me has dado el faro. Me estás dando todo. No puedo dejar que sigas haciéndolo. No soy una cazafortunas."

"Sé que no lo eres. Eres una mujer inteligente con mucho potencial para convertirte en una increible mujer de negocios. No puedo esperar a trabajar contigo en más proyecto que una simple renovación en el faro. Tienes grandes ideas y una capacidad natural con la gente. La mayoría de la gente. No todos, pero la mayoría. Esta reunión con Meagan es para que firme una notificación de desalojo. He tenido problemas con esta, ya que una de mis secretarias tomó un pequeño pago de las personas que están rentando un espacio de oficina en mi edificio. Se suponía que ella no lo iba a recibir y eso podría jugarnos en contra para sacarlos si Meagan no firma la notificación de desalojo."

"Está enojada contigo también, Zane. Igualmente no creo que lo haga. Necesitas conseguirte otro juez y dejarla ir."

"Más fácil decirlo que hacerlo," me dice y estaciona en el estacionamiento del aeropuerto. "Ahora, volvamos al avión y a Nueva York. Esta noche te llevaré a un lindo lugar para cenar. Haré que el conserje traiga al equipo de maquillaje, peinado y uñas y te arreglarán. También te compraré un nuevo vestido."

Mantengo mi boca cerrada pero mis pensamientos están golpeando mi cerebro. Me está tratando como su pequeña muñeca. No me está gustando. Hay un par de cosas que no me están gustando sobre todo este asunto.

¡Ser mantenida nunca ha sido algo que quise!

CAPÍTULO 13

ZANE

El viaje en el jet desde Ciudad Chesapeake, Rhode Island a Nueva York tomó menos tiempo que tomar un auto para llegar a cualquier punto de la ciudad. Sentados en la parte trasera de un taxi, puedo sentir la tensión irradiando de Elizabeth, quien ha estado muy callada en todo el viaje.

"Después de que me cambie, me encargaré de todos los negocios de hoy. Voy a tener que pedirte un masajista también." La beso en la frente y ella se echa atrás mientras me mira con el ceño fruncido.

"¿Puedes parar toda esta cosa de los mimos, Zane?" me pregunta muy fuerte. Tan alto que hace que la conductora del taxi la mire por el espejo retrovisor.

"Me gustaría que alguien me mimara a mí" dice.

Gracias al cielo, Elizabeth no le estaba prestando atención, porque en el estado en el que está, es bastante propensa a decir algo horrible a la pobre mujer.

Paso mi mano por su costado, me acerco y le susurro, "Okay, nada de masajes, pero por qué no te ayudo con este mal humor antes de que me vaya." Mordisqueo su cuello pero en vez de gemir y derretirse, me detiene y empuja.

"¡Deténte!"

Paramos en un semáfoto y la conductora no puede dejar de mirar a Elizabeth mientras sacude la cabeza en desaprobación. Espero que mantenga su boca cerrada, Elizabeth puede ser muy dura a veces.

"Zane, esto es enserio. Tengo que pensar algunas cosas. Debes dejar que me consiga un trabajo. Tengo que pagar mis cosas."

Luego la conductora se da vuelta hacia mi y le pregunta a Elizabeth "¿No te deja conseguir trabajo?"

Elizabeth asiente y yo sacudo mi cabeza, "Ella tiene un trabajo. No he pensado en su puesto todavía, pero trabaja para la Compañía Sandstone. Supongo que todavía no se ha dado cuenta."

"Eso no es oficial. ¡Como todo en nuestra relación!" Elizabeth dice tirándo sus manos al aire, "¡Todo para el culo, Zane! Todo lo hacemos así. Me dices que puedo trabajar contigo pero no hay un nombre para mi puesto todavía, sin hablar de cuánto me van a pagar o cuándo. Sin hablar de los beneficios que me traerían trabajar en tu compañía. ¡Nada!"

"Bueno, podemos hablar sobre eso esta noche. Luego de una linda cena, tu y yo podremos debatir eso, nena"

"¿Nena?" dice la conductora cuando sus ojos encuentran los míos en el espejo retrovisor. "¿Eres su jefe y le dices nena?"

Una sonrisa se forma en la cara de Elizabeth. "Si supieras toda la historia, ¡te cagarías encima!"

Los ojos marrones de la conductora se aben mientras dice, " ¡Oh Dios, chica! ¡Cuéntamelo todo!"

"Soy una camarera de Rhode Island. Vine a hablar con este tipo por un faro que compró y que planeaba derribar"

Interrumpo, "Y me enamoré de esta mujer justo en ese momento."

"Awww" dice y le doy un codazo a Elizabeth.

"Ve, es dulce" digo

"Sí, sí" murmura. "Como sea, me pone en el Hotel Plaza por una noche y me invita a cenar después de tener mi cabello, mis uñas y mi maquillaje hecho por profesionales. Hasta me envió un vestido caro, zapatos, ropa interior y joyas de diamantes para que use en la cita."

"¡Cállate!" dice la conductora y luego me mira al detenernos en otro semáforo. "¿Eres uno de esos mega multi millonarios?"

Asiento y ella sonríe, Elizabeth continúa. "Verás, tiene a esta poderosa jueza que está caliente con él. Tipo, ella quería casarse con él, pero es muy agresiva para él. Ella lo siguió al bar donde yo estaba sentada, tomando muchos tragos gratis. Me presento como su esposa"

"¿Qué?" chilla la conductora "¿Quién hace eso?"

"El señor hago todo al revés hace eso," dice Elizabeth. "Y así como todo lo demás que haya pasado entre nosotros, las cosas siguieron ese curso. Me mude a su penthouse con él y eventualmente, él y yo nos hicimos íntimos. Luego me dijo que me quería cerca todo el tiempo y que debería ir a trabajar con él. Y así es como se dieron las cosas. Con grandes, enormes pasos y poca discusión sobre cualquiera de ellos."

"No muy comunicativo" dice la conductora al mirarme.

"¡No es así!" discuto. "Soy extremadamente comunicativo. Esta mujer me hace hacer cosas que no hago normalmente, es todo."

"¿La ama?" me pregunta.

"Más y más a medida que pasan los días" respondo

"Aww" dice de nuevo, "Señora, él es genial. Vas a necesitar arreglar este problema dejándolo que te ame, que te cuide, que te complazca. Sólo déjalo o alguien más lo hará."

"No quiero a nadie más," digo. "Y ella lo hará. Creo que es porque es casi tiempo de su mes"

Los ojos de las dos mujeres se abren y la conductora grita "¡AH no, no lo dijiste!"

Mi brazo es abofeteado mientras Elizabeth grita "¡Idiota!"

"¡Bueno, a la mierda! Tu comenzaste a actuar así, ¿Qué otra cosa iba a pensar?"

"Parece un poco abrumada" dice la gurú conductora. "Dale tiempo para que tome algunas decisiones reales. Déjala saber cuál es su trabajo. Mujeres que han sido independientes necesitan saber dónde están paradas en cada situación."

"Tiene razón" dice Elizabeth y toma mi rostro entre sus manos. "Esta noche nos podremos sentar y ver cómo hacer para que todo funcione, así dejo de tener todos estos sentimientos internos y preguntas."

"Bien, nena" le digo y la beso, lo que nos da un nuevo "aww" de la conductora.

"Aquí, va." Dice la conductora mientras el portero abre mi puerta. "El Plaza. Ustedes dos tengan un hermoso día."

Por toda la ayuda no solicitada, le doy un billete de cien como propina y ella me da un gran "¡Gracias, señor!"

"Gracias a ti" le digo y tomo la mano de Elizabeth, llevándola al hotel.

"Tenemos un montón de cosas que discutir, Zane" Elizabeth dice mientras entramos. "Y aceptaré tu oferta del masaje."

La tomo por la cintura, y la traigo hacia mi, una vez que estamos en el elevador. "¿Mi masaje?"

Se rie y pasa sus brazos alrededor de mi. "Claro, tu masaje"

Sus dedos se mueven por mis brazos y luego juegan con el botón de arriba de mi camisa. Tomo su mano y beso cada una de las puntas de sus dedos. "Podemos hacer que las cosas funcionen. No quiero preocuparte para nada. Y deja de pensar por un segundo que eres una caza fortunas. Estás lejos de serlo."

"Soy una camarera que no está trabajando de camarera. Pagas por todo" se queja.

"Eres una graduada de la universidad que tiene que

todavía hacer algo con el título por el que has trabajado y te has ganado. Te estoy dando si quiera la chance de ver qué quieres hacer con eso. No importa qué sea. Sólo creo que al trabajar para mi podrías encontrar tu verdadera vocación."

"Eres como un caballero en una armadura brillante" me dice antes de que la bese.

¡Ella es realmente mi ángel mandado del cielo!

CAPÍTULO 14

ELIZABETH

Sus dedos se insertan en mi piel desnuda con la presión justa. Sus labios pasan por ella y me rio. "¿Y cuál es el nombre de esta técnica de masaje?"

"La técnica de los labios sobre todo tu cuerpo. Los suecos la inventaron." Su lengua sigue la linea del medio de mi espalda y me rio al sentir las cosquillas.

"¡Zane!"

"¿Qué? Es parte de la técnica también. ¡Voy a mostrarte cómo lo hacen en Bangkok!"

Me da vuelta y pasa sus manos por mis senos. Muevo mis manos por sus brazos, los dejo en sus biceps, que me hacen mojarme sólo con mirarlos, son tan increíbles.

No tenía idea que se estaba quitándo la ropa mientras movía sus manos por mi espalda, en su versión de un masaje. Pero veo que se las arregló para hacerlo.

La forma en que mueve su cuerpo por el mío me tiene gimiendo con cuán increible se siente su cuerpo tocando el mío. Sus labios presionan el hueco detrás de mi oreja y luego lo chupa suavemente mientras presiona su erección contra mí.

Mis uñas se aferran a su espalda, ambos gemimos fuerte, tanto que nuestros cuerpos vibran. "¡Oh, Dios, Zane!"

"Lo sé" gime y comienza a acariciarme lentamente, mandándome a otro mundo.

Una de sus manos se mueve por debajo de mi trasero, levantándome así puede entrar en mi más profundo. "Sí" suspiro al sentir que está en un lugar nuevo.

"Te gusta eso, ¿no?" murmura cerca de mi oído y muerde mi lóbulo.

Me arqueo hacia él mientras nuestros cuerpos se mueven como lazos volando en la brisa. Arriba y abajo, fluímos juntos y puedo decir honestamente que nunca he sentido nada tan lindo como esto.

Reconfortante, relajante, y estimulante al mismo tiempo "Eres un verdadero maestro del arte del masaje, Zane,"

"Me gusta escuchar eso. Y para que sepas, no puedes pedirle este tipo de masaje a nadie más. Jamás."

"Y nunca puedes darle este tipo de masaje a nadie más. ¡Jamás!" me rio un poco y luego me forja hacia él un poco más y mi risa se convierte en gemido. "¡Dios, bebé!"

Va más duro, me da más fuerte hasta que los dos temblamos en un par de climax bastante intensos. Mientras nuestros cuerpos laten, tira de mi y me mira. "Te amo, Elizabeth. Más de lo que pensé que sería posible."

Paso mi mano por su frente sudorosa, y digo "Zane, me doy cuenta que estoy cada día más cerca de amarte todo el tiempo. Haría cualquier cosa por ti."

Su sonrisa hace que mi corazón haga una cosa loca, se siente como bailando en mi pecho y me rio mientras muerde mi cuello. "¡Me gusta ese pensamiento, bebé!"

Rodamos, y me mantiene encima de él, pasando sus manos por mis senos al mirarme. "Voy a decirle la verdad después de que consiga su firma en ese papel."

"¿Qué? ¿Crees que este es un buen momento para eso?"

"Debo hacerlo. No puedo con esta mierda, ya no más. Así que haré una visita a Eugene y le diré la verdad también. No puedo mentir más. Quiero que lo que tenemos sea real para todos."

"¿Cómo crees que irá?" le pregunto mientras paso mis manos por sus pectorales, que se ven suaves y aceitados combinados con nuestro sudor.

"No lo sé" dice y toma mi mano, besando las palmas. "Pero quiero que esto que tenemos no esté manchada de mentiras. Te amo y quiero que todos lo sepan sin tener que mentir un falso matrimonio contigo."

Hace un movimiento, estamos arriba y yo en sus brazos hacia el baño. Paso mis brazos por su cuello y beso su mejilla "¿Entonces, dónde cenaremos, Romeo?"

"Te sorprenderé" dice besando mi mejilla. "Ahora, una ducha. Luego te voy a envolver en una bata suavecita así te pueden mimar el resto de la tarde. Me vestiré y me encargaré de la última parte del último negocio que tendré con Meagan Saunders."

Me deja en el piso frío de baldosas, entro a la ducha mientras el abre la ducha. "Va a ser dura, ¿no?"

"Ella es agresiva y más acostumbrada a hacer todo a su manera, pero yo soy más duro. Sólo me estuve conteniendo porque creí que necesitaría su ayuda de vez en cuando. Pero ya está. Lo único que necesito en mi vida y en mis negocios eres tu."

Peleo la urgencia de decir "aww" y me encuentro besándolo. Me toma y me mete bajo la lluvia de la ducha. El agua caliente cae sobre nosotros, haciéndome sentir que estamos en una lluvia de verano en vez de una ducha en un penthouse de un hotel lujoso.

Cuando nuestro beso se termina, me mira y puedo ver algo en sus ojos. Brillan mientras me gira en sus brazos y me abraza por detrás, acariciando con su nariz mi cuello. "Voy a mirarte para siempre, nena. Deja que te mime hasta el hartazgo. Prometo que nada malo saldrá de eso. Sólo buena voluntad. Verás. Juntos, haremos que esto pase. Y un día, nuestra familia se beneficie de nuestra felicidad y lo que hacemos con ella."

"¿Nuestra familia?" pregunto riendo, mientras sus dedos tocan mis lados.

"Nuestra familia. Tendré una familia contigo, Elizabeth"

"Todo al revés de nuevo"

"¡Imaginé eso!"

Me doy vuelta en sus brazo, trato de alejarlo, pero no quiere que me vaya. Cuando tomo una esponja y derramo un poco de su jabón para el cuerpo en ella, él asiente y pone sus manos detrás de su cabeza.

Comienzo por sus pies, paso la bola de jabón poe él y cuando subo a sus partes de hombre muy sucias, me aseguro de fregarlas bien mientras él gruñe. "Ser bañado por ti es mucho mejor de lo que pensé que sería."

"¿Pensabas en que te bañaría?" pregunto riendo.

"Pensé tantas cosas contigo, que no es gracioso."

"Dímelas, semental" digo y continuo bañándolo.

"Tú bañándome. Tú cortando mi cabello con tus hermosas tetas en mi cara, parada entre mis piernas, completamente desnuda. Tú, haciéndome el desayuno, vistiendo nada más que un delantal. Tú, con tus manos en las rodillas, quitándo una mancha en la alfombra de mi oficina, donde tuvimos una pequeña diversión como un par de animales en una tarde de lluvia."

"Oh, oh, oh" digo. "Esa mente es muy traviesa."

"¿Traviesa?" pregunta mientras toma la cosa llena de jabón de mis manos y la pasa sobre mis senos mientras sonríe. "Prefiero pensar de esos pensamientos como cariñosos"

Y con ese pequeño sentimiento, ¡Se lleva completamente mi corazón!

CAPÍTULO 15

ELIZABETH

Después de un día entero de haber sido completamente mimada, estoy vestida y esperando a que mi hombre vuelva. Lois se ha tomado el día, y estoy tomando un poco de vino y leyendo en mi Kindle. No puedo recordar un día que haya estado más relajada.

Un golpe en la puerta me sorprende un poco pero casi espero algún envío ya que ninguna joyería me ha llegado de Zane. Pero mientras abro la puerta veo una invitada poco bienvenida parada.

"Necesitamos hablar." Meagan dice y se abre camino a la casa.

"No sé de lo que tenemos que hablar. No soy nada para ti." Le digo mientras cierro la puerta. "Zane me dijo que te diría la verdad. ¿Hizo eso?"

"¿Sobre el que no había matrimonio?" pregunta sentándose en el sofá. "Sí, lo hizo. Y es por eso que estoy aquí. No tenemos mucho tiempo ya que me iba a ver a Eugene después de pasar por mi oficina."

"¿No tenemos mucho tiempo para qué?" pregunto sentándome en la silla donde estaba y tomando mi copa de vino. Me gustaría haber elegido algo un poco más fuerte, ya que tengo que estar en compañía de esta mujer.

"Tiempo para que tomes lo que tienes en este penthouse y te vayas a la mierda." Tiene un boleto y lo deja en la mesa entre nosotras. "Y tu vuelo sale en una hora y media."

Debo reirme por esta mujer "No voy a ningún lado. Quizás tú debas irte, Meagan"

"Tengo suficiente mierda de Zane y su compañía para arruinarlo, Elizabeth. Tengo la habilidad de falsificar documentos y cualquier otra cosa que deba hacer para asegurarme que Zane sea cualquier cosa menos lo que es ahora. Y lo haré si no te vas."

Mi mente se detiene, da una vuelta, y hace un loop mientras miro a esta mujer. "Eres una jueza, Meagan. Dime por qué te pondrías en una posición tan precaria sólo para arruinar un hombre. Sabes que puedo ir a las autoridades y decirles sobre tu chantaje, ¿no?"

Una sonrisa aparece en su rostro. "Querida, yo conozco muy bien esta ciudad. Mi palabra sería tomada más enserio que la tuya. Ya ves, lo quiero a Zane. Lo tendré. Puedes irte y me aseguraré que nada malo le pase al hombre, o te quedas y los arrastraré hasta el lodo para que se rindan. Pero lo tendré."

"Meagan, si yo no fuera parte de esto. Aún si él nunca me hubiera conocido, él no se quedaría contigo. No le importas."

"Lo hará. Dale tiempo, y sé que tendré que parar con el comportamiento agresivo para conseguir gustarle." Dice y se levanta. "Así, que empieza a moverte. ¡Pedazo de mierda!"

"¿Pedazo de mierda? ¡Debes estar bromeando! Estoy a punto de romperte el culo, eso es lo que esta por pasar aquí" Me levanto y se rie, luego saca un envase de spray de pimienta de su bolso y me apunta.

"¿Crees que vine sin prepararme para esto, pequeña boba? Por supuesto que sabía que una mujer como tu, del lugar de donde vienes sería una persona que caería en la violencia física. No sólo que te tiraré esto sino que te enviaré a la cárcel por ataque y serás condenada al período más extenso de la ley. De otro modo, estarías fuera de la vida de Zane. Así que vé, empaca. No quieres perder el avión y tener que tomar un bus a los suburbios, ¿no?"

"¿Harías todo eso a Zane si no lo hago lo que me dices?" le pregunto, ya que tengo dificultades para creerle.

"Si no puedo tenerlo, nadie puede." Dice y luego camina al pasillo hacia el dormitorio. "Ven, te ayudaré a empacar."

La sigo, estoy tratando de pensar en algo que decir que pueda llegar a amenazarla. Pero no puedo. "Él vendrá por mi"

"Lo dudo. Verás, le vas a dejar una nota. Le vas a decir que has estado mintiendo todo el tiempo. Le vas a decir que todo lo que dijiste es mentira y que no puedes vivir así. Y que si viene a ti, le vas a decir lo mismo en la cara. O me veré forzada a empezar el proceso de cagar todo su mundo."

No tengo idea de lo que debería hacer pero por ahora, creo que debería hacer lo que me dice. "¡Está bien, pedazo de perra descorazonada!"

Tomo la pequeña maleta, traigo algunas de mis cosas y camino al living. Toma un anotador y un bolígrafo de su cartera y la pone en la mesa. "Escribe la nota"

Estiro el bolígrafo de su mano y escribo las nota con todas las cosas horribles que me esta diciendo que diga y rezo que él pueda ver a través de esto.

¡Tiene que poder verlo, tiene que!

"Suongo que tomaré un taxi" le digo tirándo el bolígrafo en la mesa.

"Tengo un auto esperando por ti y necesitaré tu celular" dice poniendo su mano estirada.

"¿Por qué es eso?" pregunto mirándola.

Mueve sus dedos y pongo mi teléfono en su mano. La pantalla se hace pedazos cuando ella lo rompe y camina hacia el basurero de la cocina para depositarlo ahí. "Así no te tentarás de contactar a Zane antes de que saques tu culo de la ciudad. Y cuando te llame, parecerá que estás desviando sus llamadas al mensaje de voz, ignorándolo."

"No sé cómo puedes decir que amas a ese hombre cuando lo puedes herir tanto." Digo caminando hacia la puerta.

"Nunca dije que lo amaba. No creo en el amor. Creo en el poder. Y él y yo haríamos una pareja poderosa. Verás. Tengo intenciones de ser presidente algún día y un hombre como él podría facilitarme las cosas."

"Y ahora finalmente lo entiendo. Corrupta de corazón, ¿no? Una verdadera política. ¿Y ahora crees que tendrás todo lo que quieres, verdad?" le digo saliendo.

Sostiene su mano de nuevo "La llave,por favor. La voy a dejar con la nota"

Le doy la llave de su penthouse y le sonrio. "Espero que te quedes hasta que él llegue a casa."

Se rie mientras vuelve caminando por el living y deja la llave con la nota. Al regresar cierra la puerta detrás de nosotras. "No soy una tonta. Si estoy aquí cuando él regrese, sabrá que tuve algo que ver en esto. Es gracioso que creas que eres más lista que yo. Muy gracioso"

No tendré su educación y sé que no estoy ni cerca de loca de lo que ella está, pero no soy estúpida. No podré deducir qué hacer sobre esto ahora, pero encontraré la manera de hacer algo.

¡Después de todo, amo a Zane con todo mi corazón!

CAPÍTULO 16

Zane

Con un anillo de compromiso real en mi bolsillo, abro la puerta del penthouse. "¡Amor, estoy en casa!"

No hay palabras que me vengan a recibir, por lo que camino al dormitorio donde Elizabeth debe estar. Pero cuando abro la puerta, no está ahí tampoco, y la puerta del baño está abierta, tanto como la del closet.

Saliendo del closet, me doy cuenta que faltan cosas. ¡Sus cosas!

Algo no está bien. ¡Algo no está nada bien aquí!

Enciendo mis sentidos, voy de vuelta al living y me detengo, ya que veo algo en la mesa. Encuentro la llave del penthouse y una nota

Zane,

No puedo amar esta mentira más. Te he estado diciendo lo que querías escuchar pero nunca sentí esas palabras. Nunca. Ahora que tu mentira ya salió a la luz, no hay razón para quedarme.

Elizabeth.

Me desplomo en la silla más cercana, creo que estoy más cerca de a desmayarme de lo que jamás estuve. ¡Esto no puede ser real!

El cuarto está girando. Mis ojos arden. Mi estómago se revuelve y creo que podría tener un ACV.

"Necesito tomar algo" me digo y camino torpemente a la cocina, para tomar la primera bebida que vea.

Mi estómago se sacude y tomo un par de pasos rápidos al basurero en caso de que arroje todo. La bolsa está casi vacía y puedo ver un par de vidrios negros en el fondo.

Me trago todo lo malo de nuevo y lo saco. "Es su teléfono, creo"

Está partido en mil pedazos por alguna razón, y quito todas las piezas para ponerlas en una bolsa. No tengo idea si esto significa algo, pero siento que debería guardarlas, por alguna razón. Me paro cerca de la mesa y tomo la nota y el bolígrafo con el que debe haberla escrito para dejarlo todo en la bolsa.

Tomo la bolsa conmigo, voy al cuarto a ver qué es lo que se ha llevado ahora que se ha ido. Colgando del espejo, está todavía ese collar de faro que le regalé y ese solo pensamiento me ha dejado confundido.

"¿Piensa que voy a quitarle el faro?" me pregunto.

Tomo el collar, lo pongo en la bolsa y guardo todo en el primer cajón de mi cajonera.

El sonido del timbre me hace correr a toda velocidad, con esperanzas de que ella haya cambiado de opinión. "Elizabeth" digo mientras abro la puerta

"No" dice Meagan riendo. "Pero la estoy buscando."

"¿Por qué?" le pregunto quedándome en la puerta, sin dejarla pasar.

"Quería que olvidemos todo. Ya que me contaste las noticias esta tarde, no quería resentimientos entre nosotras. ¿Fue a algún lado?"

"Sí" digo y doy un paso atrás para dejarla entrar. "Pasa."

Meagan entra, me sigue. "Algo parece ir mal Zane. ¿Qué es?"

"Me dejó" digo y no puedo creer las palabras que salen de mi boca. "Dejó una nota. Dice que estaba mintiéndome sobre cómo se sentía. Pero, Meagan, ella no estaba mintiendo. Podía saber que realmente sentía lo que decía."

"Oh Zane" dice Meagan. "Lo siento"

"No lo hagas. Voy a ir a Chesapeake a buscarla. Voy a hacer que hable conmigo. No creo que no me ama. Sé que me ama. No hay manera de que alguien pueda fingir su mirada cuando me decía que me amaba."

Meagan toma mi mano y hace que me siente junto a ella en el sofá. "Necesitas sentarte y recomponerte. Te traeré algo de beber."

Se levanta y va a la cocina mientras mi cabeza parece que va a explotar. No sé cómo o por qué Elizabeth me haría esto. No tiene ningún sentido. ¡Ninguno!

Meagan vuelve con un gran vaso de líquido oscuro sobre cubos de hielo. Lo pone en mi mano y se sienta. Me doy cuenta que está dejando espacio entre nosotros, algo que no había hecho antes.

"Gracias Meagan, es muy amable de tu parte" digo, tomando un trago largo que quema como fuego que baja por mi garganta.

"Vine hasta aquí para disculparme ante ustedes por mi comportamiento previo. Me llama la atenci´oon que he sido un poco agresiva en tu persecución. Nunca quise serlo. Una vez que me di cuenta lo que te he estado haciendo no pude llegar aquí lo suficientemente rápido para decirte lo horrible que me siento de cómo te he tratado. Me importas, después de todo."

"Gracias," digo tomando otro trago. Creo que necesito una introvenosa para que esto llegue a mi sistema y me ayude a dejar de sentirme en shock.

"Veo que este es un terrible momento para hacer esto. Me dijiste que las cosas iban tan bien entre ustedes que ni en un millón de años pensé que vendría aquí y encontraría esto. Ni en un millón de años. Ustedes dos parecían tan enamorados."

"Sí ¿no?" pregunto tomando un poco más.

"Odio decirlo, pero ella era una actriz. Sólo muestra que no debes tomar a nadie tan rápido. Quiero decir, no la conocías ni nada y la mudaste contigo a la primera noche que la conociste. Las cosas estaban destinadas a salir mal."

"Sí, pero nunca pensé que irían tan mal. Ella y yo habremos aparentado apresurar las cosas, pero en realidad no lo estabamos. Ella durmió en el cuarto de huéspedes la primera noche. De verdad nos conocimos y desarrollamos sentimientos por el otro antes de ir a lo físico."

"Bueno, la dejaste que te conozca. Parece que ha estado escondiendo quien realmente era. Dime cómo era cuando fueron a la cosa esa de la familia donde te llevó."

"Eso fue una pesadilla." Digo y puedo recordar ese incómodo día. "Les mentimos sobre el matrimonio a ellos también. Jugué un papel. Un papel al que no estaba acostumbrado."

Los ojos de Meagan se abren mientras pregunta, "¿Qué te hizo hacer, Zane?"

"Me ofrecí. No me hizo hacer nada. Pero yo quedé como su sumiso" Tomo otro trago con ese recuerdo.

"¿Tu, sumiso?" pregunta riendo, "¡Nunca!"

"Sí, bueno, lo hice. Pero no fue su culpa." Miro a Meagan y me doy cuenta de que era todo su culpa. "¿Tú sabes que fue tu culpa, verdad?"

Mira al suelo y asiente. "Lo sé, lo siento" Me mira con los ojos llenos de lágrimas. "He sido una persona horrible Zane. Una persona que no pensé que podría ser. Vine a disculparme y a tratar de hacer las cosas bien de nuevo. Tu amistad significa mucho para mi. Quería que Elizabeth supiera lo mucho que lo siento y saber si había algo que pudiera hacer para compensarlo"

"¿Ah sí?" pregunto mientras me siento un poco entumecido y se siente mucho mejor que el posible ACV.

"Pero ahora se fue" dice "Quizá yo tenía razón. Digo, te ha dejado, te ha dicho que te mentía. Supongo que es mejor saberlo ahora que después."

Supongo que sí, pero siento que el dolor real de ella partiendo y dejándome ni siquiera ha comenzado a formarse en mi corazón. Y no tengo idea de cómo sobreviviré cuando lo hagal.

SU ORDEN
EL FARO DEL MULTIMILLONARIO 2

Por Kimberly Johanson

CAPÍTULO 17

ELIZABETH

Han sido tres días desde que dejé Nueva York y finalmente deje de llorar. *Creo*

Debo amar a Zane de verdad, ya que no he podido dormir sin estar a su lado todas las noches. He perdido como cinco quilos ya que no he podido comer. Si quiera he podido tomar un vaso de agua por día. Ayudó a rellenar mis lágrimas, así podía seguir llorando.

Ahora, voy camino al restaurante a pedir de nuevo mi antiguo trabajo. Rezo para que el dueño y mis compañeros puedan perdonarme por renunciar sin previo aviso. No sé qué haré si no me vuelven a contratar.

Una bocina me llama la atención mientras camino por la vereda. Cuando miro, veo que es el viejo Gus, que trabaja en el faro. "Ey, Lizzie, tu hombre te ha estado buscando. Dijo que necesita que lo llames. ¿Y cuándo vas a pasar a ver el progreso que hemos estado haciendo en el faro?"

"Eso ya no es mío. No sé por qué él sigue pensando que puedo quedarmelo. Y no puedo llamarlo. Dile eso, ¿puedes?"

le pregunto mientras el sacude la cabeza, estaciona y sale del vehículo.

Camina a la parte trasera de su vieja y celeste camioneta y baja la compuerta. "Ven aquí

"No hay nada que decir. Rompimos." Digo y trato de seguir caminando.

Con su mano rápida, el hombre tiene mi brazo y me tironea al asiento en la parte trasera de la camioneta. "Dijo que lo dejaste. ¿Por qué harías eso?"

"Debía hacerlo" le digo. Puedo sentir las lágrimas amenazándome y pestañeo un par de veces para controlarlas.

"No es de mi incumbencia," dice

"No, no lo es" le digo y trato de bajar de la camioneta.

Su mano en mi brazo me detiene. "Bueno, lo haré de mi incumbencia ya que ambos son mis jefes y yo soy el único abandonado aquí. Ahoar, dime por qué lo dejaste, con una nota que decía que habías mentido sobre tus sentimientos"

"Era algo que tenía que hacer" le digo ya que no sé que más decir.

No puedo ir por ahí diciendo que Meagan Saunders me está chantajeando. Alguien le diría a Zane, y él no tomaría en serio la amenaza. Él no. Pero yo sí.

"Okay, entonces ha tenido que dejarlo." Gus dice "Me dijo que si la encontraba, le dijera que todavía es la encargada de proyecto. Me dijo que le dejara saber que usted todavía trabaja para la compañía."

"No puedo hacer eso" me quejo. "Debo olvidarme de él."

"Necesitas hablar con el hombre. Ahora, ¿Dónde está tu padre? ¿Él y tu madre se fueron de la ciudad de nuevo?"

"Sí," asiento. "Se fueron después de la reunión familiar que tuvimos. Van a comprar una casa en México. Tenias que volver para asegurarse que los papeles estuvieran."

"Necesitas ver a alguien. Quizá alguna de tus tías. Necesitas hablar con alguien, niña. Estás cometiendo grandes errores aquí"

"Bueno, son mis errores, Gus. Gracias por preocuparte y todo eso pero no tienes idea de por qué hago lo que hago." Le digo y me bajo de una vez de la camioneta. "Necesito volver a recuperar mi trabajo en el restaurante. Te veré luego. Dile a Zane que siga con lo que quería hacer con esa propiedad antes de que llegara y arruinara sus planes. Tener ese faro para cuidar no será tan cómodo como pensé que sería. Para ser sincera, cada vez que miro por la ventana de mi cuarto y lo veo, me hace llorar. Me gustaría ver un montón de condominios ahí ahora"

Gus me mira mientras me alejo y puedo ver que está confundido por mis acciones. Su camioneta me pasa mientras se va, y lo veo tomando su celular. Mas que seguro que llama a Zane para decirle que habló conmigo.

Me encantaría volver a escuchar la voz de Zane. Pero creo que me traería atrás. No que haya superado algo.

El vidrio de la puerta del restaurante se abre y Tanya grita "¡No tienes cara!"

"¿Así es como va a ser?" le grito de vuelta "¿Debería molestarme en pedir mi viejo empleo de vuelta?"

"¿Quieres el viejo empleo? ¿Qué paso con las bolsas de dinero?" pregunta cuando llego a ella.

"Tuve que dejarlo. Y nunca estuvimos casados. Fue una mentira para decirle a mi familia." Me muevo en frente de ella, voy al pequeño restaurante para encontrar que la gente con la que trabajaba me mira.

El lavaplatos, Clive, sacude su cabeza y me dice "¿Qué carajos pasó contigo?"

"Amor fue lo que me paso" le digo y me siento. "Y está pateándome el culo"

Tanya se sienta en la banqueta contigua y pone su mano en mi hombro. "El amor no se supone que te patee el culo, dulce. ¿Qué paso?"

"Un montón de mierda pasó. Y no puedo contarle a nadie nada. Creo que esa es la peor parte. Tengo que guardármela para mi. Es por él que lo dejé. Pero no puedo explicarlo, así que no me lo preguntes."

"¿Sabes qué Liz?" Tanya me pregunta. "¿Sabías que Bob y yo no llegamos a casarnos por tu culpa?"

"Lo siento" le digo y pongo mi cabeza en la fría mesada. "Sé que fue egoista de mi parte renunciar así."

Tanya me toma de los hombros para hacer que la mire. "No lo sientas. Me enteré el día que se suponía que nos iríamos a las Vegas que él tenía a otra chica embarazada en la ciudad. Quería apurarse y casarse conmigo, pensando que esa chica no podría reclarmar su responsabilidad por ese bebé si él ya estaba casado."

"¡Idiota!" le digo, "Igualmente, lo siento."

"No lo sientas. Que no hayas tomado mis turnos fue una bendición encubierta. Admito que te maldije hasta que otras noticias llegaron a mis oídos. Luego cambié las maldiciones por bendiciones. Así que, ¿lista para dejar de lado esa idea de que no puedes contarle a nadie la razó por la que dejaste a ese hombre que obviamente amas?"

CAPÍTULO 18

Zane

"¿Por qué diría que tuvo que dejarme, Gus?" le pregunto al viejo contratista, que me cuenta todo de su charla con Elizabeth.

"No lo sé. Le dije que tiene que hablar con alguien. No está actuando como ella. La conozco desde que era de la altura de mi rodilla. Se ve terrible, también."

Mi estómago se revuelve y mi cuerpo entero siente dolor por la tristeza que siento. Han sido tres días desde que partió, dejándome solo. Tres noches pasaron como poquitos de sueño aquí y allá, que me traen exhausto ocasionalmente y me roban un par de guiños de mi continuamente trabajosa mente.

No puedo imaginar por qué se iría. Y dándome no más explicación que mentir sus sentimientos. Si mintió sobre ellos entonces no debería lucir terrible como Gus dice que se ve.

"¿Qué con el trabajo, Gus? ¿Dijo algo de eso?" le pregunto mientras me recuesto en mi escritorio, y siento que una siesta rápida vendrá pronto.

"Dice que volverá al restaurante. Que no puede trabajar

para ti. Dice que deberías construir esos condominios que planeabas construir."

El timbre del intercomunicador me asusta. "Mierda. Te llamo luego, Gus. ¡Gracias!"

Presiono el botón y escucho a mi secretaria, Lane, decir. "La jueza Saunders está aquí para su reunión, Sr. White."

"Hazla pasar" le digo y presiono el botón bajo mi escritorio para abrir la puerta.

Meagan viste un elegante traje tostado con una gran sonrisa. Trae dos vasos."Te traje un latte. Pensé que te animaría."

"Gracias," digo mientras me muevo alrededor del escritorio para tomar el café y alcanzar su mano para estrecharla. Ella se mueve y me abraza.

"Parece que necesitas un abrazo más que un apretón de manos, pobre hombre"

El abrazo es puramente platónico. No me apretuja mucho por su parte, lo que es nuevo. "Gracias. Estoy teniendo un mal rato aceptando que se fue."

Me suelta y vuelvo detrás del escritorio, ella se sienta en frente de mi. Cruzando sus largas piernas, da un sorbo a su bebida. "¿Has sabido de la mujer?"

"Acabo de colgar el teléfono con el primer poco de información sobre ella. El contratista que empleamos para hacer las renovaciones del faro que le di me llamó. Dijo que habló con ella y que ella dijo que me olvide del faro y construya los condominios. También dijo que no trabajaría para mi compañía. Estoy tratando de decidir qué hacer."

"Creo que es bastante obvio" Meagan dice.

Asiento y digo "Ir a verla"

Al mismo tiempo, ella dice "Dejarla en paz."

"¿Dejarla en paz?" le pregunto sacudiendo mi cabeza "¿Cómo va a arreglar eso las cosas?"

Inclinándose hacia delante, Meagan pone sus codos en mi escritorio y entrelaza los dedos, donde apoya su mentón. "Han sdo tres días, Zane. No estaba mintiendo cuando te dijo que había estado mintiendo. Es tiempo de que te des cuenta de que ella sólo jugaba contigo o trataba de obtener algo de ti"

"Si hubiera querido algo de mi, ¿Por qué no acepta el faro y el trabajo?" le pregunto mientras sus ojos miran alrededor del cuarto.

Se sienta hacia atrás y tira sus manos al aire. "¿Cómo voy yo a saberlo? No conocía a la mujer, y tu obviamente tampoco. De cualquier manera, sobre esta reunión, muéstrame el papeleo. Quiero resolver este negocio ya que tengo un pequeño favor que pedirte."

Busco los papeles de desalojo del cajón y los pongo en mi escritorio. "Estos son bastante claros"

Tomo el bolígrafo que le saqué para que ella lo use para firmarlos, ve la primera página y firma sin siquiera leerlo. "Confío en ti, Zane. No hay razón para explicarme nada" Firma la otra y me entrega el bolígrafo de vuelta. "Ahora, con el favor que necesito"

Me guardo los papeles y el bolígrafo, dejando mi escritorio limpio de nuevo. "¿Qué clase de favor necesitas, Meagan?"

"Decidí empezar a lanzarme al mundo de la política. Voy a presentarme para gobernadora de Nueva York" Aplaude como si esa fuera la mejor idea del mundo. "Mañana por la noche hay una pequeña reunión que voy a organizar para comenzar a atraer seguidores Me gustaría que te unas como un organizador de la pequeña fiesta. Tenerte como un seguidor sería importante para comenzar. Eres respetado por tantas personas en este estado. Tus éticas de negocios van más allá del reproche, sabes. Tenerte en mi esquina, uniéndote como organizador me ayudaría más de lo que sabes. Por favor, di que lo harás."

"¿Mañana?" pregunto ya que no tengo ganas de asistir a ninguna función ahora. Con suerte, levanto el culo cada mañana para salir de la cama y venir a trabajar.

"Sí, mañana por la noche a las nueve" dice con sus ojos

brillando en esperanza. "Por favor, Zane. No puedo pensar en nadie más que pueda ayudarme a organizar esta fiesta. Por favor."

Está portándose bien conmigo y acaba de firmar esos papeles sin preguntarme nada sobre ellos. Debería ayudarla. Y digo "Okay. Me encantaría ayudarte."

"¡Oh!" salta y grita mientras corre por mi escritorio y me abraza. "¡Gracias! Muchas gracias, Zane. Esto significa tanto para mi. He estado pensando en esto hace tiempo." Me suelta y vuelve a su silla. "¿Puedo decirte algo?"

"Claro, Meagan" digo mientras me arreglo la corbata que su abrazo desarreglo un poco.

Su sonrisa se ensancha al decir "Tengo más objetivos que ser gobernadora, quiero postularme para presidente de aquí a ocho años. ¿Qué crees?"

"¡Wow!" digo y no sé qué pensar. "Ese es un gran objetivo, Meagan"

"¿Crees que tengo lo que se necesita, Zane?" me pregunta, con una expresión de preocupación. "Realmente quiero tu opinión. Sé honesto"

"Seguro que puedes ser presidente, Meagan. Eres inteligente, bien educada. Has estado en el sistema legal por años. Con un período de gobernadora, puedo verte como una persona calificada para dirigir este país. Seguro" digo y un poco lo creo.

No soy una persona política. No he estado en políticas en mi vida. Voto, pero debo admitir que voy con el partido que mi padre seguía porque le presto poca atención a esas cosas.

Se inclina y sonríe. "Gracias, Zane. Tu apoyo significa mucho más para mi que para cualquiera. ¿Quizás quieras formar parte de mi equipo?"

¿Parte de su equipo?

CAPÍTULO 19

ELIZABETH

Dos meses han pasado y mis pies me están matando. Volver al trabajo de mesera y tomar doble turno para poder pagar las cuentas me está matando. Agreguémos a eso el hecho de que no he superado a Zane y tienes las bases de un desastre caminando.

El trabajo en el faro no ha parado. No tengo idea de por qué sigue con esa idea. Di por sentado que se habría dado por vencido y habría comenzado a construir los condominios. Pero no me he detenido a hablar con Gus sobre lo que está pasando.

De todos modos, no es mi asunto.

"Ey, ¿Puedes subir esa televisión? Quiero escuchar las noticias" un señor me pregunta desde la barra.

Tomo la pequeña escalerita y la muevo para alcanzar la televisión, de la cual hemos perdido el remoto. Está arriba en la pared, así todo el restaurante puede ver la pantalla.

Al bajarme, escucho las noticias decir. "Y en las noticias nacionales, tenemos una nueva candidata para gobernadora de Nueva York" Doy unos pasos hacia atrás para ver la pantalla.

"La jueza Meagan Saunders ha puesto un pie en la carrera"
Mi mandíbula se cae al ver a Zane a su lado.

"Lo hizo." Me susurro a mi misma. "Esa puta lo hizo."

La campana sobre la puerta suena y alguien entra. Me doy vuelta para ver a Gus viniendo. Sostiene un par de llaves y sonríe. "Tengo un regalo para ti, Lizzie"

"Dile que se meta su regalo en el culo" digo y corro hacia la cocina.

No puedo respirar o pensar, mi corazón late muy fuerte. Tanya entra detrás de mi, "¿Qué carajo te pasa?"

"Él está con ella. ¡Él enserio está con esa puta! Nunca pensé que él estaría con ella. ¡Nunca!"

"¿Él, quién y qué puta?" me pregunta mientras intenta levantarme, ya que me deslicé por la pared y estoy sentada con mi culo en el piso.

"Zane y Meagan. Ella es quien me hizo dejarlo." Dejo salir.

Y luego miro a Tanya ya que nunca había contado eso a nadie. Sus ojos se abren al decir, "Debes decírselo, Liz. Déjaselo saber"

Sacudo mi cabeza al momento que me levanta. "No puedo. Ella dijo que lo arruinará. No puedo dejar que eso pase."

"Entonces en vez de dejarlo en esto, ¿vas a dejar que ella se lo quede?" pregunta. "Eso no suena como tú, para nada"

"Sé que no. Es así cuánto lo amo. Pero no sé que siento por él ahora. ¡Está con ella, Tanya! No lo puedo creer."

La puerta de la cocina se abre y Gus está parado allí. "Debo darte las llaves del faro y decirte que el Señor White dice que te da el faro. También me dijo que va a pagar las expensas de él cada año. La electricidad y el agua también las pagará él. Él ha llenado el closet y los cajones con ropa para ti. Ve a ver"

"¿Por qué haría eso?" le pregunto a Gus. "Está con otra mujera ahora"

"No sé nada de la vida personal del hombre. Sólo que quiere que tengas el faro. Y hasta compró comida que guardamos en la cocina. No tiene que hacer más que llevar sus cosas personales y empezar a vivir allí, chica."

"No puedo" Tanya me toma del brazo.

La miro y me sonrie. "Sí que puedes. Tómalo. Te ayudará a sanar ese corazón roto. Te acompaño a cenar esta noche para celebrar."

"¿Lo harás?" pregunto pensando en tomar la cosa.

Quiero decir, si él puede avanzar con esa mujer, por qué no puedo yo avanzar con mi faro.

Abro mi palma y Gus pone las llaves. "Ahí va. Espero que te guste nuestro trabajo." Gira y se va, dejándome ahí parada, sin ninguna idea de lo que debería hacer.

"¿Qué esperas Lizzie? ¡Ve a ver tu nueva casa!" Tanya me dice mientras me gira y quita mi delantal. "Te cubro. Estamos lentos y de repente no tienes los gastos que solías tener. No vas a necesitar hacer doble turno, no más."

"Es verdad," murmuro y floto hacia la puerta con las llaves de mi casa en mi mano.

No tengo idea de si esto de tomar el faro está bien o mal pero sé que no quiero que todo ese trabajo duro se eche a perder por un poco de orgullo terco.

Al entrar a mi auto, me pregunto sobre Zane. Por qué continuó con el faro, por qué me lo dio. Y por qué carajo estaba con esa maldita mujer en la televisión.

Conduzco hacia el faro, y veo por primera vez que está terminado. En el piso de abajo, veo cortinas de encaje blancas colgando en las ventanas. Seis ventanas más han sido agregadas así que la luz del interior será genial ahora.

La puerta es un azul profundo y totalmente nueva. La pintura blanca está reluciente en el sol de la tarde, y hasta parece brillar. Me gustaría que el abuelo estuviera aquí. Dios, lo amaría.

Cierro mis ojos mientras abro la pierta y piso el interior,

cerrándola antes de volver a abrirlos. Me toma un segundo darme cuenta de que todo es real. Esto está pasando.

El piso ha sido llevado al cemento y pintado a un hermoso color azul con un patrón revuelto. Brilla y el candelabro rústico que cuelga del área de observación se refleja en él.

Este es como un salón recibidor y tiene una sola silla y una alta, pero pequeña mesa de madera al lado de la puerta. Desde aquí puedes ir a una nueva escalera caracol o hacia otra puerta.

Así que tomo la puerta y me encuentro en la cocina comedor. Todos los electrodomésticos más modernos han sido instalados. Hasta el lavabo es nuevo y se ve pulido. El cromado brilla y el piso es igual al del recibidor.

Una puerta se encuentra a la derecha y la abro, encontrándome con un nuevo y mejorado dormitorio. Una cama de dos plazas está en el medio del cuarto, el cual ahora tiene un tamaño decente. Una manta de color azul bebé la cubre y las almohadas son grandes y acolchonadas. Caminando hacia el baño, abro la puerta y veo una linda ducha de azulejos, todo luciendo nuevo y moderno.

Todo el lugar se ve y huele espectacular. Mejor de lo que podría haberme imaginado. Y ahora iré arriba. Floto por la casa para volver a las escaleras. Se siente irreal, como un sueño.

El primer paso que doy no hace ningún ruido como la otra escalera, la que Zane decía que era insegura. Habrá estado en lo cierto y esta nueva escalera es preciosa.

Hay un pasamano hecho en un metal pintado y las escaleras están hechas de una especie de madera, creo que es caoba. Brillan mucho, también. Al llegar a la cima, veo que no hay cortinas cubriendo las ventanas que van por todo el piso de arriba.

Los muebles de cuero son de color arena, y están estratégicamente colocados para que te sientes y mires hacia fuera. La vista es hermosa esta tarde. Los cielos limpios y las aguas calmas me encuentran mientras miro por las ventanas.

El piso ha sido puesto en un azul oscuro para combinar con el resto de la casa. Caigo en el sofá, me encuentro que se siente genial y luego se me hace un nudo en la garganta.

¡Me gustaría que él también estuviera aquí!

CAPÍTULO 20

ZANE

Mirando a mi celular mientras suena, me doy cuenta que es Gus y cruzo mis dedos para que Elizabeth haya aceptado el faro. "Hola"

"Hola Señor White. La misión ha sido completada. Ella se mudó. Me aseguré de eso antes de llamarlo. Dejó su apartamento y he visto su auto ahí todas las noches de la última semana."

"Bien" digo y suspiro. Me hubiera gustado que me llamara. "Gus, ¿Cómo está ella?"

"Se ve bien. No muy bien, pero bien. Y estaba un poco triste al saber que tiene otra mujer en su vida." Dice.

"¿Qué? No tengo a nadie en mi vida."

"No lo sé. Ella cree que sí. De todas maneras, sólo quería hacerle saber que todo funcionó."

"Gracias" digo y termino con la confusa llamada. ¿Por qué pensaría que estoy con otra mujer? Y si estuvo mintiendo todo el tiempo sobre sus sentimientos, ¿por qué le importaría?

Son casi las seis de la tarde y el taxi me está llevando a casa desde el trabajo. Estoy inmerso en el trabajo, casi como solía hacerlo antes de que Elizabeth llegara a mi vida. Cuando mi celular suena de nuevo, veo que es Meagan y decido no contestar.

Me tuvo a su lado para varias de sus funciones y ahora termino en televisión con ella cuando su candidatura para gobernadora es lanzada.

"¡Mierda!" digo. "Conductor, necesito que cambie la ruta. Necesito llegar al aeropuerto."

Sé que lo vio en las noticias ahora y sé que si está triste por eso, entonces todavía tiene sentimientos por mí. *¡Lo sé!*

Le envío un mensaje a mi piloto para que tenga listo el jet y le envío otro a Lois para dejarle saber que estaré fuera de la ciudad esta noche. ¡Elizabeth va a tener compañía, le guste o no!

CAPÍTULO 21

ELIZABETH

Como una especie de viejita, estoy en mis pijamas a las ocho de la noche y tomando un poco de chocolate caliente mientras miro la noche tomando el cielo. He pasado cada noche de la ultima semana mirando esta escena y, hasta ahora, nunca ha sido igual.

Estoy emocionada porque el primer frente frío del otoño vendrá y con él, se esperan tormentas. Entonces he traido una manta aquí y estoy esperando que el primer rayo se aproxime.

Un sonido titilante llena el aire. Nunca lo había

El ruido aparece de nuevo y me lleva a una pequeña caja en la pared a la mitad de las escaleras. Se apaga y creo que debe ser el timbre.

Nadie ha venido a visitar para haberlo usado. Sabía que tenía uno, sólo que no había apretado el botón antes. Me rio mientras bajo las escaleras para contestar la puerta, seguramente es Tanya que pasa por aquí.

"Nunca adivinarás cómo suena" digo mientras abro la puerta después de destrabarla.

"Hola" dice.

Mis ojos van desde sus brillantes, negros y lujosos zapatos a sus pantalones negros, a la blanca camisa que está adentro de ellos. Sigo subiendo hasta que veo sus marrones, verdes ojos brillando en la entrada "¿Qué haces aquí?"

"¿No me vas a invitar a pasar?" pregunta

Mi corazón late tan fuerte que no puedo oír sus palabras. "Zane, ¿por qué estás aquí?"

"Estoy cansado de esperar a que entres en razón. Y me enteré que piensas que estoy con Meagan. Estoy aquí

"¿No estás con ella?" pregunto

Su mano toca mi hombro. "Déjame entrar y podemos hablar."

No estoy segura de que esto sea una buena idea pero doy un paso atrás y él entra. Mira hacia el candelabro y silba, luego sus manos se mueven rápidamente para tomarme entre sus brazos.

No puedo respirar. No puedo pensar. *No puedo dejar de mirarlo.*

Su cabello sedoso y oscuro cae perfectamente, acentuando sus facciones talladas, haciendo sombra bajo sus pómulos. Es tan agradable a la vista. No puedo creer que han pasado dos meses desde la última vez que lo vi.

Su boca se mueve hacia la mia, y sé que debería detenerlo, pero no puedo. Lo quiero tanto. Y él parece quererme aunque haya roto su corazón.

Cuando nuestras bocas se encuentran, estoy perdida. Mis brazos van alrededor de su cuello, y cuando siento la pared en mi espalda mientras el me presiona contra ella, envuelvo mis piernas en él, gimiendo con alivio de sentirlo otra vez.

Mi cerebro me dice que pare esto. Que solo hará que el dolor sea peor. Pero mi cuerpo no deja que mi cerebro tome el control. Mi cuerpo sabe lo que quiere, no importa si mi corazón se une a mi cerebro en un intento desesperado de detener lo que seguro me torturará.

Su boca se suaviza en la mia y termina el beso con otros más cortos, luego me sostiene y me mira. Algunas lágrimas se habrán escapado, ya que gentilmente me las limpia de mis mejillas. "Te amo, Elizabeth. ¿Podemos acabar con esto ahora?"

Mi corazón está en mi garganta. No sé qué decir. Quiero contarle, sí, pero no puedo hacer eso, así que sacudo mi cabeza. Su suspiro y la manera en que baja su mirada me hiere físicamente. No sé si pueda aguantar este secreto.

"Entonces, quiero saber por qué." Y en un instante me tiene en sus brazos, llevándome de la puerta al resto de la casa, y supongo que al cuarto.

Tragando el nudo en mi garganta hacia una posición manejable, susurro "No ahí". Se que no podre contenerme en el cuarto.

El solo mueve la cabeza y dice si ahí en el cuarto.

Zane es una fuerza que es reconocida cuando quiere algo. Y no tengo idea de cómo voy a controlarlo, pero debo tratar. "Zane, lo mejor es que nos alejemos de la cama"

"¿Por qué, no confías en ti?" me pregunta yendo directamente al dormitorio.

Sentado en la cama, me sostiene en su regazo. "No puedo creer que viniste"

"No puedo creer que huíste de mi esperando que nunca me fueras a dar más explicación que esa nota." Corre una pequeña tira de mi pijama del hombro. Sus labios tocan mi piel y no puedo más que dejar salir un gemido por mis labios. Labios que él captura con facilidad.

¡Es bastante obvio que no voy a poder hablar mucho con él haciendo esto!

CAPÍTULO 22

ZANE

¿Si ella no me ama, entonces por qué sus besos me dicen algo diferente?

Su cuerpo se derrite en el mio cuando nuestras bocas se tocan. Su lengua da vueltas por la mia de la misma manera que siempre lo ha hecho. Quizá ella sólo piensa que es deseo lo que siente. No estoy segura de cuál es su problema, pero le voy a mostrar que ya no aguanto su duda.

Gentilmente, apoyo su espalda en la cama e inclino mi cuerpo hacia el de ella. Una pierna me envuelve, como si estuviera considerando dar el brazo a torcer. Quito mis labios de los de ella, tiro su cabello dorado hacia atrás. "Te he extrañado más de lo que sabía que era humanamente posible."

Sus labios se separan como si fuera a decirme lo mismo. Luego se cierran y sus ojos se mueven a un lado. Su silencio es algo que me tiene inquieto. Creo que me debe una explicación por su comportamiento extraño.

"Zane, lo siento." Murmura mientras intenta no hacer contacto visual.

La tomo por el mentón y hago que me mire. "¿Por qué lo sientes?"

"No puedo hacer esto. No" se detiene antes de poder decir las palabras, que sé que son "te amo".

"Si no me amas, entonces, ¿por qué respondes a mis besos, mi tacto, mi mera presencia?"

"Eres muy actractivo," ofrece, "¿Quién no respondería a ti de ese modo?"

"¿Realmente piensas que cada mujer con la que he estado responde de la misma manera en que tu lo haces? Porque no es verdad. Tu y yo nos conectamos como nunca lo he hecho con nadie más. Y no me voy a ir."

"¡Tienes que hacerlo!" sus ojos se abren y su mano va a mi pecho. "Zane debes irte. Debes darte por vencido, superarme."

"Bueno, no voy a hacerlo. Y por qué no me dices por qué debo dejarte." Quito la otra tira de su hombro, haciéndola caer un poco, dejando que se vea su seno desnudo. "Y creo que deberíamos tener esta discusión mientras no estamos vestidos y nos estemos sosteniendo. He estado ansioso por sentir tu cuerpo contra el mío. No puedes decirme que no has sentido lo mismo, porque lo siento."

"Esto sólo lo hará más duro" dice presionando mi pecho un poco más.

"Ese es el punto" digo y luego bajo toda su remera, exponiendo esas deliciosas tetas. Mi boca se hace agua y me inclino hacia ella para tomar una en mi boca.

Su cuerpo se arquea hacia mi y sus manos pasan por mi cabello. Sí, ella odia esto. ¡No!

No tengo idea qué es lo que está haciendo o por qué pero voy a detenerla de una vez por todas. ¡Está loca si piensa que la voy a superar y me daré por vencido!

Sus manos se mueven a mis hombros y luego están entre nosotros, mientras desabotona mi camisa. La manera en que sus manos se sienten, pasando por mi pecho, hace que mi pene se ponga más duro de lo que ha estado jamás y siento el dolor del material conteniéndolo.

Una decisión impulsiva me tiene dejando su teta, levantándome rápidamente para quitarme la ropa mientras me mira con su labio inferior entre sus dientes.

Tiro del pijama para sacarlo del camino, veo que está usando una ropa interior muy sexy, y gruño al quitársela. Sus ojos se prenden fuego con mi acción y cuando me muevo hacia atrás, ella abre sus piernas para mi. "Sólo una vez más" susurra.

"Eso es lo que crees" digo riendo y me acuesto a su lado, mirando hacia abajo y apoyo mi cabeza arriba con mi mano y paso la punta de mis dedos por su estómago.

"No hablemos" me dice y sus manos se mueven hacia mi hombro, atrayéndome hacia ella.

Cuando nuestros labios se encuentran, corro mi mano hacia abajo para encontrarla húmeda y más que deseosa. Se arquea al sentir mi mano. Su mano corre por mi pene, acariciándolo hacia arriba y hacia abajo.

Muevo mi boca de la de ella y la beso por el cuello, mientras ella me reclama que me ponga arriba. "Por favor, Zane" sisea.

La beso debajo de su oreja, susurro. "Dime que me amas."

Ella gruñe y se retuerce de necesidad, la que no complaceré hasta que me confiese. Sé que me ama. Lo vi justo ahí en sus ojos verdes, cuando se posaron en mi, en la puerta principal.

"Zane, no puedo" gime y me insiste para que la monte. "Por favor"

Con una pequeña mordida en su cuello, ella grita de placer y se arquea. "Dime lo que sabes que necesito escuchar o esto no sucedera"

Sus uñas se clavan en mi espalda mientras paso una mano por sus partes tan húmedas, y la acaricio, para excitarla. Su gruñido hace que mi fuego interno se convierta en una llamarada de necesidad. Pero me contengo hasta que diga lo que debo escuchar.

Manipulo su clítoris hasta que grita en un climax, sé que la tengo ahí donde la quiero. "Quieres sentirme dentro tuyo, ¿no?" digo pasando mis dientes por su cuello.

Se arquea, se sacude, sujetándo las sábanas y gimiendo. Sacude su cabeza y meto dos dedos en sus húmedas profundidades. Ella se infla hacia mi. "¡Sí, Zane!"

Quito mis dedos. "Dilo."

Con una mordida fuerte y chupándo, la escucho "Te amo, Zane. Siempre te he amado"

"Sé que es así" susurro en su oído y lo soplo. Me bajo de la cama mientras abre sus ojos confundida, y con un poco de miedo. "Arrodíllate."

Una sonrisa rápida pasa por su rostro y está de rodillas. Con una mano tomo su cintura para sostenerla y uso la otra para darle una buena nalgada en ese culo redondo. El sonido que hace me deja saber que le gusta, y le doy otra hasta que la penetro.

Grita y pone su cabeza en la almohada que sostiene mientras entro en ella. Sus adentros se estremecen con la euforia. La manera en que su cuerpo se mueve me confirma que nunca estuvo mintiéndome.

Hay algo más profundo y llegaré al fondo de esto. Primero, debo saciarme de esta sed de ella. Puedo sentir un orgasmo comenzando dentro de ella y ella temblando me dice cuán intenso esto es.

Me muevo más fuerte, sigo hasta que no puedo más y me dejo ir también. Nuestra respiración pesada llena el cuarto mientras la acuesto, me acuesto a su lado y dejo mi brazo colgar sobre su cuerpo sexy.

"Te amo, Elizabeth"

"Te amo" su voz hace eco, y ahora puedo dormir.

Desde que me dejo, por primera vez, ahora puedo fácilmente dormirme.

CAPÍTULO 23

ELIZABETH

El cielo está de un celeste brillante mientras miro por las ventanas del área de observación. Zane sigue durmiendo en el cuarto, y me levanté temprano para ver el amanecer, como lo hago todos los días desde que me mudé al faro.
Ayer por la noche era algo que necesitaba desesperadamente. Pero hoy debo asegurarme de que entienda que esto ya termino. Lo amo demasiado para que Meagan Saunders destruya lo que él hizo.
Espero que no haya necesidad de pelear. Le dije que lo amaba y eso fue un gran error de mi parte. Pero no me hubiera dejado tener lo que quería si no lo hacía, y para ser honesta, se siente genial relajar mi lengua.
Cuán genial sería si algo le pasara a Meagan. Quizá un tornado en algún lugar de Kansas que pudiera levantar una casa y volcarla en ella.
Me encuentro sonriendo por la muerte de esta mujer y eso me tiene poco contenta conmigo. No creo que pensar

sobre la muerte de alguien me haya hecho feliz en ningún momento.

¡Maldita mujer!

Me tiene yendo en contra de todo tipo de cosas en mi cabeza. Mi primer amor de verdad y me lo tiene negándolo. Con ninguna idea de qué debo hacer para detenerla, sólo sé que debo proteger a Zane.

La única manera de protegerlo es hiriéndolo. Quiza pueda fingir mi propia muerte. Eso lo ayudaría. No a mi, pero el sabría, que lo que teníamos terminó para mejor.

Mi estómago me duele con ese pensamiento. *¡No quiero que esto se termine!*

Pero las cosas ya no dependen de mi. Todo depende de esa perra. Y me pregunto por qué Zane la ayuda en el camino de convertirse en gobernadora. Nunca me ha hablado ni una palabra de política.

"Ey" escucho que me dice y me doy vuelta para verlo usando nada más que una toalla alrededor de su cintura.

"¿Te bañaste?" pregunto. "Mmm, pensé que me invitarías a que me una."

"Dormí tan fuerte, que necesitaba usarla para despertarme." Se tira en el sofá a mi lado y pasa su brazo en el respaldo. Luego me atrae para que me acueste en su pecho.

Hago lo que quiere. No hay necesidad de comenzar con esto, con él luciendo tan cansado. "¿Has tenido problemas para domir o qué?"

"Sí" dice. Sus labios tocan mi frente. "No tienes idea de lo que tu partida me hizo"

Como un cuchillo en el corazón, sus palabras me penetran. "Era necesario."

"¿Puedes decirme por qué? Y por favor, no mientas y digas que pensabas que no me amabas. Los dos sabemos que es una mentira. Después de anoche y de lo que vi en tus ojos, sé que me amas."

Y ahora estoy estancada. Sabía que nunca sería capaz de

esconder lo que siento por él. Mis ojos son mi punto débil. Ellos expresan cada gesto que tengo hacia la gente. Soy un libro abierto.

"Déjame que te prepare el desayuno, Zane"

Me gira, y me atrae arriba de él. Sólo visto una bata con nada abajo, ya que la tomé cuando dejé el dormitorio esta mañana. "Déjame llevarte a comer"

"Mala idea" digo y paso mi mano por su cabello mojado.

"¿Por qué?" toma mi muñeca y besa mi palma. "Volvimos juntos, Elizabeth"

"Eso suena como tú diciéndomelo en vez de preguntándomelo" le digo riendo. El pensamiento revolotea por mi cabeza, pensando que este puede ser el comienzo de una pelea que puede escalar a un falso rompimiento.

"Te estaba diciendo" dice, también riendo. Sus brazos me envuelven, apretándome.

"¡Zane, maldición! Sabes que no megusta que me digan las cosas" grito y me salgo de sus brazos.

Me alejo y me levanto, lo veo mirándome con confusión. "Okay, cálmate. Estaba haciendo una especie de broma"

"¿Una especie de broma?" pregunto al atar mi bata que de alguna manera él pudo desatar sin que lo notara. "Zane, iba en serio. Admítelo."

"¿Por qué te ves tan enojada, al borde de la locura, Elizabeth?" me pregunta al sentarse.

"Estoy enojada. No me gusta que pienses que tienes el control sobre esta cosa que tenemos. Soy una parte igual en esto y no me gusta que me digan que hemos vuelto. Todavía tengo razones para creer que no es una buena idea."

"A la mierda con ellas." Dice y se levanta. Intenta acercarse pero yo me echo atrás. "¿Qué carajo estás haciendo?"

"Creo que los dos sabemos que esto no funcionará. Mi temperamento es rápido y terminaría haciéndote odiarme" digo, dando otro paso hacia atrás.

Se ríe y da un paso al frente "Tu temperamento no me asusta"

"No dije que te asustaría. Dije que te molestaría." Cruzo mis brazos, cerrándome a él y él se da cuenta al mirarlos.

"En realidad no me molesta. Puedo manejarte."

¡Ahora sí que me hizo enojar!

"¿Crees que puedes manejarme?" digo haciendo comillas en el aire. "¡No puedes manejarme!"

"Esto se fue más allá de las proporciones. Vamos a vestirnos, a tener un lindo desayuno y a disfrutar de este hermoso día de otoño. La lluvia de anoche hizo todo más fresco y quiero que me muestres como tu y tu abuelo veían las cosas después de la lluvia. De la manera que me dijiste que lo hacían."

Él trayendo a colación a mi abuelo me deja atónita. Me recuerda a algo que he tratado de olvidar hace mucho. "Hoy es el aniversario de dos años de la muerte de mi abuelo."

Los ojos de Zane se abren, luego pone sus brazos alrededor de mi y me da pequeños besos en la parte de arriba de mi cabeza. "Ay, no, nena. No hay duda de por qué el humor tan agitado. Lo siento. Sabes qué, lo entiendo todo ahora. Ya sé por qué no quieres ir a desayunar. Te prepararé algo."

Mi mano es tomada por él y me hace bajar. "Zane, debemos aclarar las cosas"

"Esto es lo único que voy a dejar en claro por ahora. Voya a dejar correr una calma ducha de agua caliente y la tomarás mientras te preparo algo fantástico para comer. Luego tu y yo iremos a dar un paseo y quiero que me muestres los lugares en los que tú y tu abuelo vivieron cosas especiales. Quiero que pases el día recordándolo y quiero escuchar cada historia triste o graciosa que tienes sobre ese hombre."

"¿Eso quieres?" pregunto, sintiéndome horrible por trartar a este hombre de la manera que debo tratarlo para salvarlo de esa horrible mujer.

"Eso quiero" me dice y me hace pasar al cuarto y luego al

baño. "Voy a tomar tu ropa para que no tengas que preocuparte por elegir nada. Hoy es todo sobre recordar al hombre que amaste tanto."

Las lágrimas me están amenazando mientras él abre la ducha, desata mi bata y me la quita. Me preparo para un suave toqueteo o un gemido sexy, pero me sorprendo cuando él simplemente toma mi mano y me acomoda en la ducha.

"Ahí, nena. Relájate y toma la ducha mientras yo me ocup del resto. Te amo." Y se va.

Estoy más que un poco sorprendida que mi cuerpo desnudo no genero una reacción ante él y luego caigo en por qué.

Las lágrimas caen en el agua como si salieran de la ducha. Es porque realmente me ama y quiere estar aquí para mi mientras recuerdo a mi abuelo. El es sorprendente e increíble y sé que debo herirlo. *¡Pero, Dios, ayúdame, no quiero!*

CAPÍTULO 24

ZANE

Esta mujer va a ser un verdadero tema para envejecer juntos. ¡Cuando llegue a los años de la menopausia tendré que sedarla hasta que se acaben!

"Okay, entonces no te diré cuánto me gusta cada historia dulce que me cuentas sobre tu abuelo. Lo entiendo. Me guardaré los comentarios para mi mismo," le digo en respuesta a su pedido que deje de besarle el culo, cosa que no estoy haciendo, para su información.

"Zane, ¿Cuánto más puedes aguantarme?" me pregunta al caer en el suelo húmedo con su trasero, cerca de la costa.

"Sé que estas pasando por duelos. Problemas lidiando con la pérdida de tus abuelos. Puedo con eso y mucho más. Por ti, lo que sea." Tomo su mano, la levanto y quito la arena mojada de su trasero. "Es hora de almorzar y llamé al mercado para que nos traigan langosta directo desde Maine. Voy a intentar cocinarlas. Dijiste que las cenas de langostas eran algo que ustedes hacían en tu cumpleaños. Pensé que sería un gran recordatorio para ti."

Viene conmigo y patea el suelo, "Zane, ¿Por qué eres tan bueno conmigo?"

"Supongo que es porque te amo."

Se detiene y me doy vuelta a mirarla. "Por favor, para. Deja de decirme eso. Lo estás haciendo mucho más difícil de lo que debería ser."

"¿Haciendo más difícil qué?" le pregunto y la estiro para que venga conmigo.

Se queda firme. "Esto no va a funcionar. Tiene que terminar. Debes ver eso."

Suelto su mano, y siento un calor subiendo por mi. "¡Okay, dime qué mierda es lo que pasa! ¡Ahora!"

"Es sólo que esto no funcionará nunca"

Giro mi cabeza a un lado, "¿Hay alguien más?"

Sus brazos se estiran al aire mientras chilla, "¿Por qué los tipos siempre tienen que hacer eso? ¿Por qué no pueden entender el hecho que las mujeres no tienen que tener a nadie en su vida para romper con alguien?"

"No lo sé" digo tirándo mis manos al aire también. "Quizá es porque todo va bien. El sexo es de otro mundo. Dime que no lo es"

Ella simplemente mira al cielo "¿Y?" dice finalmente.

"¿Y?" pregunto al mirarla. "Dime que no es genial"

"¿Y qué si es genial? Hay mucho más en la vida que sexo genial"

"Lo sé. Cosas como hacer de la mujer que amas parte de ti, de tu mundo. Es lo que hago contigo. Cosas como pensar cómo hacer cosas que la hagan feliz. Hago eso contigo."

"Sí, podemos estar de acuerdo que eres fantástico. Soy yo quien no lo es. Soy un dolor de culo y lo sabes" dice y camina rápidamente conmigo "Y siendo el dolor en el culo que soy hará que me dejes un día, y yo sólo estoy tratando de traer todo esto a un final antes de que mi amor por ti me destruya cuando me dejes. Te cansarás de mi."

"No lo haré" digo y la agarro. La tomo por su hombro y la

gir hacia mi. "Hay algo que no me estás diciendo. Lo sabes. Podrías decirme, porque igualmente lo averiguaré."

Sacude su cabeza "Juro que no hay nada más"

"Si estás preocupada de que me canse de ti, por qué no tratar más de que nos llevemos bien y dejar de dar lugar a que tu temperamente te controle. Sé que has tratado mucho más antes para mantenerlo bajo control. Sólo ahora ha empezado a salir así de mal."

Sus manos van a sus caderas y me apunta con el dedo. "Y supongo que vas a decir que es porque es mi tiempo en el mes, ¿no?"

Estaba pensando eso pero decidí no decirlo.

"No" grito. "¿Por qué piensas que diría algo así?"

"Lo has hecho antes. Y lo harás de nuevo"

Lo haré de nuevo. Sé que lo haré. Pero odio que piense de esa manera.

"¡No lo haré!"

"¡Lo harás!" ella pisa fuerte con su pequeño pie desnudo para acentuar su oración.

"Estás siendo muy difícil para tratar y sé que lo estás haciendo a propósito. Pero adivina qué, te amo. Tomaré tus días buenos y tus días malos. Tomaré cada día que pueda estar contigo. Porque te amo, Elizabeth. Sería genial que pudieras dejar de intentar echarme, porque no voy a ir a ningún lado."

"¡Bueno, pero tienes que hacerlo!" grita y corre a la casa.

Me quedo petrificado y la miro. No hay duda en mi mente que hay algo que le pasa para que actúe de esta manera. O alguien que la tiene amenazada por nosotros.

Así que voy adentro, determinado a conseguir respuestas reales de ella. Se está haciendo cada vez más y más obvio que hay más que ella detrás de toda esta mierda.

Cuando abro la puerta, la encuentro en las escaleras llorando. Me siento terrible, y no tengo idea si esto es sobre su abuelo, sobre mi, o un poco de ambos

"Si me voy de aquí en este preciso instante, ¿dejarías de

llorar?" le pregunto y espero a que recupere el aliento para contestarme.

Un par de ojos llenos de lágrimas me miran y sacude su cabeza.

Entonces voy a la cocina a ver si las compras han llegado mientras nosotros dábamos un paseo y encuentro los paquetes en la mesada como les dije que los dejen.

Preparándome para hacer el almuerzo que planeaba, mi mente se calma un poco al saber que no es mi presencia la que la está molestando. Su celular está en la mesada y comienza a sonar con una musica funky. Veo el nombre "Tanya" en la pantalla, contesto y se lo llevo a Elizabeth.

"Hola Tanya. Soy Zane. ¿Cómo estás hoy?"

"¿Zane?" pregunta, "Eres el hombre con el que necesito hablar. ¡Gracias a Dios, estás aquí!"

"¿Ah sí?" digo volviendo a la cocina, para escuchar por qué su amiga y compañera de trabajo está tan feliz de escuchar mi voz.

¿Qué me ha estado escondiendo esta mujer?

CAPÍTULO 25

ELIZABETH

Sentada en las escaleras, lloro y lloro y no tengo idea cómo parar. Amo a Zane. Lo amo más de lo que he amado a algo o a alguien. Me ha probado ser más sustancial de lo que yo jamás hubiera esperado.

Pero debe irse. Esto debe terminar por su propio bien. Me está matando y hubiera deseado que él nunca hubiera venido aquí. Esto es demasiado duro para hacerlo en persona.

Dejar una nota y desaparecer fue duro, pero nada como esto. Con él no ayudando, se me hace más que imposible que se de cuenta de que estamos rompiendo.

Parece tan determinado a que estemos juntos y eso me hace amarlo más. *¡Es terrible!*

La puerta entre la entrada y el resto de la casa se abre y Zane se para ahí, mirándome. "Ni siquiera estoy enojado porque no me hayas dicho"

"¿Qué?" digo y me limpio pasando mi nariz por la parte de arriba de mi mano.

"Asco" dice arrugando la nariz. "Ven. Vamos a limpiarte. No hay necesidad de más lágrimas. Y no hay duda en mi mente que tu realmente amas mi trasero"

"¿Por qué?" le pregunto mientras dejo que tome mi mano, la que no usé para limpiar mi nariz, y me lleve al baño.

No dice una palabra mientras busca un elástico para el cabello, y me lo ata en una cola de caballo. Toma un trapo del cajón, lo moja y limpia mi rostro. Toma un pañuelo, lo sostiene en mi nariz. "Sopla"

Lo hago y me pregunto qué lo tiene tan calmado y amable. "¿Zane?"

Sostiene su mano para pararme. "No tienes que preguntar. Hablé con Tanya"

"¿Qué te dijo?" pregunto y mis piernas comienzan a temblar, casi cayendo sobre la tapa cerrada del inodoro.

Sus brazos fuertes me estabilizan y me ayudan a sentarme en la pequeña silla en frente del espejo. "Me dijo de Meagan y sus amenazas. Siento que te haya hecho eso."

"¡Oh Dios!" digo, sintiendo que el aire deja mis pulmones. "¡Oh Dios! ¿No la vas a tomar enserio no? ¡Sabía que no lo harías! ¡Debes, Zane!"

"Lo único que debo en este mundo son pagar expensas y morirme. Todo lo demás es voluntario. La tomaré enserio, no te preocupes por eso. No la voy a confrontar, pero voy a estirar de la alfombra donde ella está parada. Me va a llevar un poco de tiempo hacer un plan porque debo asegurarme de que funcionará."

"Zane, no quiero que pierdas todo por lo que has trabajado."

"No estoy preocupado por dinero, amor. Si te perdiera, eso realmente dolería. Fue una pérdida cuando me dejaste. Podría perderlo todo lo que tengo, y no dolería ni tan cerca como dolió eso."

"Lo siento. Enserio" digo y vuelvo a llorar.

La tela húmeda vuelve a pasar por mis ojos. "Shh. No más lágrimas, Elizabeth. No hay razón para llorar. Nunca te culparía por lo que hiciste. Lo hiciste para protegerme. Te hieres a ti misma para asegurarte de que esté bien. Ahora, eso sí que es una heroína ante mis ojos. Te lo compensaré. Soy yo quien lo siente. Traje todo esto encima de ti por mentir en vez de levantarme ante la mujer, en primer lugar."

"Pero si crees que puedes hacer algo para que cambie de opinión, estás equivocado."

"No, no voy a intentar hacer eso. He visto de lo que es capaz ahora. Ella se apareció la noche que te fuiste actuando como si viniera a disculparse por su comportamiento. Cuando, en realidad, nos había amenazado a ambos y era la razón por la que estuvimos separados. Ella es la persona más diabólica que conozco. Pero está bien. Cuando me amenazan, también puedo tener un lado diabólico."

"¿Qué vas a hacer, Zane?" pregunto y un escalofrío se mueve por mi.

Sus ojos están negros de enojo. Una tensión extraña está alrededor de él y puedo ver que su mente va a una dirección oscura.

"No estoy seguro todavía" una luz ilumina sus ojos mientras toma mis manos. "Pero tu y yo estaremos juntos. La noche que te fuiste, había llegado a casa con un anillo de compromiso en mi bolsillo. Iba a pedirte que te cases conmigo durante la cena."

"¿Enserio?" pregunto y siento que mi labio inferior empieza a temblar.

Asiente. "No más llanto, amor"

Asiento y susurro, "Lo intentaré"

"Por favor, ya ha sido suficiente llanto. Esa mujere tiene que parar y las emociones de culpa o tristeza sólo harán más lentos nuestros planes."

"He roto mi cerebro para encontrar una vuelta con ella,

pero no he llegado a ninguna idea. Bueno, eso no es verdad. Pensé que sólo su muerte terminaría esto."

"Hmm, su muerte ¿no?" pregunta y sus ojos brillan.

¡No puede hacer de esto un homicidio!

CAPÍTULO 26

ZANE

"Supongo que deberíamos dejar el homicidio como una medida de último recurso" digo e intento cambiar el humor. "Así que las langostas están aquí. Vamos a cocinar el almuerzo juntos y dejemos que esto repose en mi cabeza."

La levanto de la silla, paso mi brazo por sus hombros y la traigo hacia mi, apretujándola. Un beso al costado de su cabeza me tiene pensando en todas las noches que pasé sin ella por esa maldita puta.

Todos los días que pasaron sin poder hablarle por la culpa de Meagan Saunders, pedazo de chantajista de mierda.

"Cuando te vi en televisión con ella, perdí la razón." Me dice Elizabeth cuando entramos en la cocina.

"Seguro que fue fuerte." le digo y me siento terrible por que haya tenido que pasar por todo eso.

"Meagan me pidió esa misma noche que te fuiste, ayudarla con sus empeños" le digo mientras tomo el pote de langosta de la heladera.

"Quiere ser presidente" Elizabeth dice mientras toma la sal del armario y me encuentra en el lavabo.

"Tiene las maneras de una presidenta corrupta. Iría muy bien en Washington, ¿no?" digo riendo.

Lleno la olla de agua, Elizabeth agrega sal."Tenía estas visiones de ti a su lado, a través de todo. Su primer hombre, supongo."

Levanto la pesada olla y la pongo en la estufa. Abro el gas de la hornalla, y digo "Nunca me hubiera casado con ella. Realmente nosé lo que estaba pensando. Me pidió que fuera a estar cosas con ella, a las que fui. Había algunas ocasiones en las que ella actuaba tan diferente."

"Falsa" Elizabeth dice.

Asiento. "Muy. Pensé que era raro que no fuera tan agresiva pero asumí que sería porque encontró algo nuevo con lo que obsesionarse. La gobernación."

"Me dijo que sabía que debería dejar de ser tan agresiva al perseguirte. Había planeado recalcular sus movimientos" me dice "Sé que no quieres que me disculpe, pero realmente siento haberte herido."

La tomo en mis brazos, beso sus dulces labios y sé que tendremos un duro camino por delante, con Meagan Saunders en el medio, pero el camino a la felicidad juntos no será tan difícil.

Calmo el beso, y digo "No creo que alguna vez haya conocido amor más profundo que el que le permite a una persona herirse para salvar a quien ama. Eres una mujer increible, Elizabeth Cook. Estoy malditamente orgulloso de poder llamarte mía. Y una vez que salgamos de esta mierda, haré que seas mi compañera para siempre."

"No puedo creer que todavía me quieres después de todo lo que te he hecho." Dice, haciéndome sentir furioso hacia Meagan por hacerla sentir así.

Atraparé a Meagan Saunders y va a lamentar el día en que se metió en mi vida. *¡Es una promesa!*

. . .

FIN DE SU CONTROL

©Copyright 2021 por
Kimberly Johanson
Todos los derechos Reservados
De ninguna manera es legal reproducir, duplicar ni transmitir ninguna parte de este documento en cualquier medio electrónico o en formato impreso. Queda prohibida la grabación de esta publicación y no está permitido ningún tipo de almacenamiento de información de este documento, salvo con autorización por escrito del editor. Todos los derechos son reservados. Los respectivos autores son dueños de todos los derechos de autor que no sean propiedad del editor.

❦ Creado con Vellum

www.ingramcontent.com/pod-product-compliance
Lightning Source LLC
LaVergne TN
LVHW011721060526
838200LV00051B/2985